KB051394

무중력의 사랑

무중력의 사랑

슬프고 푸른 별에 사는 너에게

초판 1쇄 펴낸날 2022년 1월 17일

지은이 김승미
펴낸이 이건복
펴낸곳 도서출판 동녘

주간 곽종구
책임편집 박소연
편집 구형민 정경윤 김혜윤
마케팅 박세린
관리 서숙희 이주원

등록 제311-1980-01호 1980년 3월 25일
주소 (10881) 경기도 파주시 회동길 77-26
전화 영업 031-955-3000 편집 031-955-3005 전송 031-955-3009
블로그 www.dongnyok.com
전자우편 editor@dongnyok.com
인쇄·제본 영신사
라미네이팅 북웨어
종이 한서지업사

ISBN 978-89-7297-019-4 (03810)

· 잘못 만들어진 책은 바꿔드립니다
· 책값은 뒤표지에 쓰여 있습니다

무중력의 사랑

김승미 지음

슬프고 푸른 별에 사는 너에게

동녘

이 책을 먼저 읽은 독자들의 추천

저자의 글을 다 읽고 나니, 마음속의 큰 폭풍을 견뎌낸 내가 조금은 다시 태어난 기분이 든다.

\- misun0629

“지구라는 별에서, 당신은 지금 행복한가요?” 이 책이 드넓은 우주에서 서로를 잡아줄 든든한 중력이 되었으면 한다.

\- wildflowers_5006

젊은이의 고통을 가장 잘 설명할 수 있는 문장이 아닐까. '삶은 주관식'이라는 이 짧은 문장이 아직도 멍하리만큼 뒤통수를 울린다. 내가 느끼는 바를 내가 표현하고 싶은 만큼 말하지 못하는 나의 부족한 언어 실력에 통탄을 느끼게 하는 책이었다.

- jeijy27

아주 오랜만에 밑줄을 그어가며 책을 읽었다. 이 글을 쓰면서, 눈으로 손으로 따라 읽으면서 치유가 되어간다. 아는 언니로부터 조언을 듣는 느낌을 받기도 한다.

- lilydaisyisgood

우리들의 사랑에는 분명 논리가 있다. 사랑에 무슨 논리냐고, 혹자는 물을 수도 있겠다. 나는 그 질문에 대답할 수 있다. 이 글을 읽게 될 그 누군가도 당신의 인생으로 사랑의, 행복의 논리를 완성할 거라 믿는다.

- annees900

발 딛고 땅에 서 있어도, 여전히 중력 밖에서 헤매는 너를 위해. 《무중력의 사랑》은 그런 20대의 나에게 꿈에라도 달려가 가만가만 읽어주고 싶은 책이다. 매순간 고난과 갈등에 맥없이 허우적거릴지라도 '그래도 살아내서 고마워, 사랑해.' 위로와 알짜배기 실용서 사이를 왔다 갔다 하는 노련함에 즐겁게 읽을 수 있을 것이다.

- harusiot

살면서 무엇을 좋아하고 무엇을 해야 하며 무엇을 할 것인지에 대한 고민은 끊임없이 하지만 막상 그 질문의 대답을 찾기란 여간 어려운 것이 아니다. 이런 질문의 대답을 저자가 자신의 경험에 녹여 다정하게 전달해주는 점이 인상적이었다. 20대, 30대에게 추천해주고 싶은 책이다.

- kineg_97

현재를 살아가는 우리가 자신과 같은 힘듦은 겪지 않기를, 시행착오를 줄이기를, 많이 아파하지 않기를 바라는 진심은 그렇게 그의 글 속에서 영원성을 얻었다. 그가 좋아한다는 폴바셋 롱고를 들고 작가를 만나고 싶다. 더 이상 슬픈 눈으로 걱정하지 않아도 된다고. 김승미 작가는 이미 지구의 중력에서 벗어났지만, 그의 문장들은 여전히 생명의 온기를 머금은 채 슬프고도 아름다운 푸른 별에, 우리 곁에 남았다.

- bameui_oksoosoo

일러두기

- 이 책은 저자가 2011년 2월 8일부터 2015년 6월 30일까지 《미디어스》와 블로그, SNS 등에 남긴 글들 중 일부를 다듬고 보완해 엮은 것이다.
- 글의 일부 표현이나 내용은 유족의 허락을 받아 수정하였다. 예: 언어 영역 → 국어
- 각주는 모두 편집자주다.

시작하는 말

나는 도망칠 준비가 되어 있어

오늘 새벽 3시에 일어나서 편지를 썼다. 그것도 세 통을. 9월 초 일본 여행에서 사온 겐지로의 종이에다가. 내용은 이렇다. 더 이상 '기자' 김승미로 살지 않고 이제는 '글 쓰는' 김승미로 돌아가겠다고. 한 달 전에 이야기를 꺼냈을 때부터 나는 도망칠 준비가 되어 있었다.

적籍이 없는 삶. 그토록 싫어하던 '무중력의 세계'로 돌아갈 준비를 차근차근 해나갔다. 스페인어 학원을 등록했고, 남미 배낭여행을 알아봤다. 일본어 JLPT N3 시험도 신청했다. 시험 날짜는 12월 7일. 퇴직금을 헤아려보니 여행과 적금, 두 달간 용돈의 견적이 나왔다. 다이어리의 약속도 10월 8일까지.

첫 직장과 나는 이렇게 이별을 한다. 스물두 살 무렵 첫 사랑과 헤어질 때처럼. 다만 그때보다 몸과 마음이 지쳤고, 헤어짐의 과정은 지난했다. 내일 사표를 쓰려 했건만 하루라도 더 견딜 수 없어서 오늘 새벽에 일어나 썼다. 그나마 다행은 웃으며 나를 응원해주는 이들이 있다는 것.

이제는 모든 것을 뒤로 하려 한다. 글 쓰고 사람 만나는 게 좋기 때문에 기자를 택했다. 기자로서 무엇을 이루려고 하는 것은 아니었다. 다만 처음 마음대로 부끄럽지 않게 살고 싶었고, 정직한 글을 써야겠다고 다짐했다. 신문 기자가 되고 싶었지만 한 군데를 빼놓고 필기 시험을 통과하지 못했다. 6개월 동안 글 솜씨가 부족해 방송기자 시험에서 거의 마지막 단계까지 올라갔다가 최종에서 늘 미끄러졌다. 경제지는 단 한 번도 생각해보지 않았지만, 막다른 골목에서 시험을 본 신문사가 나를 구원해줬다.

아버지가 돌아가시기 전에 취업한 나를 봐서 다행이었다. 그것만으로 이 회사에 빚을 졌다고 생각한다. 그래서 늘 기본을 다하고 싶었다. 젊은 조직이었기에 연차 어린 나를 노동부와 지식경제부,* 기획재정부로, 그러다 정치부 민주당으로 보냈고. 나는 20년 만의 총대선**을 두 명의 수습과 함께 치러냈다. 어쩌다 산업부로도 흘러왔다.

헤아려보니 오늘로서 4년 3개월 하고 일주일. 덕분에 나는 속보도 받아쓰기도 웬만큼 하게 되었고, 평생 관심 있던 정치도 빨리 알게 되었으며, 무엇보다도 경제학에 관심 갖는 글쟁이가 되었다. 덕분에 많은 사람들을 두루 만나게 되었다. 어깨에 지워진 책임은 무거웠으나, 버텨냈더니 손을 내미는 사람을 여럿 만났다. 그저 내 이름, 내 기사를 믿고 읽어주는 사람들이 늘어나는 재미에 살았다.

하지만 이런 재미도 잠시 뒤로 하련다. 몸과 마음은 지칠 대로 지쳤고, 그저 지금은 다만 책 읽고 음악 듣는 한량의 삶을 살아보려고 한다. 부족한 나를 이만큼 키워준 모든 사람들께 감사드린다. 당신의 질책이, 당신의 사랑이, 당신의 관심과 당신의 스트레스가 내 영혼의 깊이를 만들어주셨으니.

---

* 2013년 3월 산업통상자원부로 기관 명칭이 변경되었다.

** 2012년 제18대 대통령 선거.

차례

너라는 별

사랑의 중력

이 행성에는 부디 슬픔이 없기를

나는 내 삶에서
만난 사람들의 총체다.

I am whole of who's I have met through my life.

---

* 퇴사 후 처음 만든 명함에 저자가 새긴 문장이다. 한글과 영문을 저자가 쓴 그대로 실었다.

너라는 별

지금까지 살아낸 것을 축하해

올해 3월의 날씨는 여전히 변덕스럽더라. 입학식 날에는 황사바람이 불고 그다음 날엔 봄비가 내리고, 그러더니 꽃샘추위라며 맑고 세찬 바람이 불더라. 지금 스무 살인 너는 올해 3월을 어떻게 기억하려나.

대학교 3학년 때, 그러니까 3월이 더 이상 설레지 않는 새내기와 헌내기를 거친 그 3학년의 3월 어느 날, 이례적으로 폭설이 내렸어. 신기해서 동아리 선후배들과 사진을 찍었다. 사진 속의 나는 하이힐을 신고 정장 재킷을 입었더라고.

그때는 '고용 없는 성장' 시대라고 언론에서 떠들었어.

취업을 준비해야 한다는 부담이 커지면서 과 동기들은 하나 둘 경영학과 복수 전공 혹은 사범대 복수 전공을 했고. 내가 듣던 과에도 인문대 학생들이 복수 전공을 한다면서 낯선 얼굴들이 강의 시간에 보이더라고. 그때 나는 무엇을 해야 할지 몰라서 막막했어. 동기들과 사이가 멀어진 뒤, 나는 내가 듣고 싶은 강의를 들었어. '희곡 작법.' '독일 문학으로 본 그리스·로마 신화' 같은 것들.

재수 준비를 위해 새벽 5시 30분에 일어나 첫차를 타고 노량진으로 간다는 K야. 너의 3월은 견딜 만하니. 새벽 첫차의 냄새가 익숙하지 않더라고. 특히 1호선엔 술 취한 사람들 반, 빌딩 청소하러 가시는 어르신들 반. 알 수 없는 냄새도 싫더라고. 3월이면 그 지하철이 익숙해졌니. 독서실에서 진동 소리가 들릴까 봐 수건으로 휴대폰을 감고, 의자에 네 몸을 구겨 넣은 채 하루 종일 공부하는 시간이 익숙하니.

친구들이 말하는 대학교 생활이 뭐라고, 등급표가 뭐라고, 명문대라는 타이틀이 뭐라고. 명문대를 나와도 취업이 어렵다고 하는데 하루 종일 공부를 하는 너의 마음은 괜찮니. 오늘도 너의 마음은 하루를 잘 견뎌내었니.

아니라면 직장 생활을 시작한 스무 살 K야, 하루하루 학교와는 전혀 다른 밥벌이의 세계에서 견뎌내고 있니. 편의점이든 중국집이든 증권회사든 신입 사원들의 하루는 전혀 다르지. 인사하는 방법부터 말이야. 아침 9시부터 저녁 6시 퇴근하는 시간까지 모두가 너를 지켜보고 감시하는 느낌이지. 그 세계에서 하루 잘 버텨냈니.

다른 친구들처럼 대학교 가고 싶은 마음을 누르고, 돈이 뭐라고, 언니가 형이 뭐라고, 취업이 어렵다고 하는데 취업해서 다행이라며 하루 종일 일하는 너의 마음은 괜찮니. 오늘도 너는 너의 마음을 누르고 버텨내었니.

섣부르지만 이런 말을 해주고 싶다. 그러니까, 삶은 주관식이란다. 초등학교, 중학교, 고등학교 12년의 교육 기간 동안 국어든 수학이든 과학이든 사회든 영어든, 다음 중 옳은 것은? 옳지 않은 것은 보기 중에 고르시오. ①번, ②번, ③번, ④번, ⑤번이라고 '보기'를 알려주잖아. 그런데 인생은 그게 아니더라고.

스무 살이다. 다음 중 자신에게 알맞은 인생을 고르시오. ①번, 수능에 성공했다. 대학교에 입학해 공무원 시험을 준비한다. ①-2번, 대기업 취업을 준비한다. ①-3번, 전문직 시험을 준비한다. ②번, 수능에 실패해 재수에 도전한다. ②-1번, 삼수에 도전한다. ③번, 편입한다. ③-1번, 지방대에 간다. ④번, 공부해서 대학원에 간다. ⑤번 대학교고 뭐고 군대에 가든지 취업한다.

①번에서 ⑤번 '보기' 모두 중요한 질문이 빠졌다.

오늘 행복하니,
내일 아침이 기다려지니.

어른들은 그렇게 말한다. 남들과 비슷하게 대학교에 가고, 취업을 하고, 결혼을 해야 한다. 인생 뭐 있냐. 인생 뭐 있냐. 인생 뭐 있냐.

미안하지만 그런 말들이 스무 살을 죽이는 길이다. 슬프게도 인생은 하루하루 버텨내고 견뎌내야 한다. 우리가 가장 먼저 할 일은 살아내는 것이다. 죽지 않고 살아내는 것이다. 왜 내가 오늘 살아야 하는가. 그 이유를 찾아내는 것이다. 이런 세상에서 하루하루 사는 법을 고민하는 것이다.

통계를 살펴볼까. 경제협력개발기구OECD 회원국 가운데 자살률 1위가 한국이다. 하루 평균 40명. 10대부터 30대의 사망 원인 1위 원인통계〉에 따르면, 2012년 자살로 사망한 사람은 모두 1만 4427명이다. 인구 10만 명당 자살률은 28.5명이다.

그러니 스무 살 K야. 지금까지 살아낸 것을 나는 축하한다. 수많은 덕담을 들었겠지만, K야 너의 오늘을 축하한다. 다만 앞으로 녹록지 않다. 쉽지 않다. 더 어려운 일들이 너에게 있다. 아마도 등록금을, 연애를, 취업을, 결혼을, 내 집 마련을 생각하면 숨 막힐지 몰라. 한 스테이지를 클리어하면 다음 스테이지로 넘어가는 게임처럼, 처음부터 인생은 리셋할 수 없기에 '끝판왕'이란 괴물이 어디에서나 나타나서 힘들지 몰라.

그렇게 생각하지 말자. 일단은 오늘을, 오늘 하루가 즐겁다면 행복하다면 그걸로 충분하다. 자꾸 뭐 먹고살 거냐고 묻는 질문을 때때로는 잊자. 수능을 보고 난 스무 살, 너는 지금부터 취업을 준비하는 게 아니다. 지금부터 너만의 인생의 답안지를 써내려가는 것이다. 너란 사람, 너만이 쓸 수 있는 인생을 한 줄 한 줄 써내려가는 거야. 그건 아무도 정답을 알 수 없단다. 그 인생이 "100점이다, 아니다"라고 평가할 수 있는 것도 너밖에 없단다.

대신, 꿈을 찾자. 꿈이란 말이 너무 거창하다면 네가 하면서 즐거운 일들을 찾자. 즐거워서 재미있어서 때로는 밥도 안 먹고 해도 좋은 일들. 그런 일이 뭔지 모르겠으니 부딪혀보자. 학점의 노예를 벗어나서 딱 1년만 연애를 미친 듯이 해보고, 여행을 미친 듯이 해보고, 춤바람이 나보고 동아리 생활을 미친 듯이 해보고. 스무 살의 특권을 그렇게 한번 써볼래?

재수하거나 취업한 친구들은 적어도 쉬는 하루만, 딱 하루만 스물네 시간을 너 자신만을 위해서 써보자. 애인이나 가족과 함께하는 대신 혼자를 즐겨보자. 그리고 그 시간들을 적어 내려가자.

나만의 답안지를 쓰려면 먼저 '나'를 알아야 한다. 내가 누군지 알아가는 공부를 해야 한다. 취업 9종 세트가, 외국어가, 취업이, 자격증 공부가 아니라 진짜 내가 하고 싶은 것, 내가 잘할 수 있는 것, 나를 즐겁게 하는 것, 내가 잘하지는 못하지만 배우고 싶은 것, 내가 진짜로 못하는 것, 남이 가르쳐줘도 못하는 것들을 적어 내려가야 한다.

왜 적어야 하냐고. 두 가지 이유에서야. 일단 교사든 변호사든 공무원이든 회사원이든 연구원이든 일은 '국어'로 하는 것이다. '영어'로 하지 않는다. 상사와 동료와 후배와 '의사소통'을 잘하는 사람이 일을 잘한다. 일을 잘하려면 상대방이 '개떡' 같이 말해도 '찰떡' 같이 알아들어야 한다.

아울러 '내'가 '잘하는' 일과 '못하는' 일을 명확히 알아야 한다. 그래서 '못하는' 일이 내게로 올 때, 상대방이 기분 나쁘지 않도록 '거절'을 잘해야 한다. '잘하는' 일이 내게로 올 때는 "제가 하겠습니다" 하고 상대방을 '설득'해야 한다.

더 근원적으로 살펴보면 누구나 욕망이 있다. 티.모.스. 철자는 'thymos.' 한마디로 인정받고 싶은 욕구다. 칭찬이 고래를 뛰어 놀게 하듯이 내가 잘하고 좋아하는 일로 다른 사람에게 칭찬을 받는다면, 그날의 기분이 내일을, 내일모레를 견뎌낼 용기를 준다. 하루하루 살아낼, 버터낼 용기를 준다. 그런 일들을 그저 밥벌이로만, 월급의 액수로만 결정할 수는 없다.

그걸 외면한다면 삼수를 해서 공무원이 되었는데, 회사원이 되었는데, 변호사가 되었는데도 우리는 행복하지 않은 것이다. "왜 살아야 하는지 이유를 모르겠어"라며 잘못된 선택을 한다.

살아내자. 그리고 행복하자. 스무 살이 이제부터 시작이다. 너만의 주관식, 너만의 답안지. 그것이 너의 오늘을 내일을 모레를 구원할 테다. 그러니 스무 살 K야, 일기든 다이어리든 적자. 너에 대해서, 네가 무엇에 웃는지, 무엇에 슬퍼지는지, 행복해지는지. 황사가 불든 세찬 바람이 치든 비가 내리든 너의 유일한 편은 너 자신. 너를 지켜주는 것은 너 자신일 테니 말이야.

이 봄을
온통 선물할게

스무 살이 되자 내 이름이 불리었다. 다른 나라 대학교에는 없다지만 우리나라에만 있는 '출석 체크'에서 이름이 불리었다. "네"라고 대답하거나 손을 들거나. 출석 체크는 싫었지만 이름이 불리는 건 좋았다. 첫사랑, 첫 남자친구를 만날 때도 나는 내 이름이 불리는 게 좋았다. 엄마 아빠가 지어준 이름이 그제서야 제 몫을 다하는 느낌이었다.

고집스럽게 나도 친구들의 이름을 불렀다. "야"라는 말보다는 "○○아." 문자에도 꼭 "○○아, 오늘 뭐하니"라고 적었다. 학교에서 줄 세워준 번호가 아니라 내 이름으로 불리는 날들. 그 시절은 생각보다 짧았다. 휴학을 하니 '장미족'이요, 졸업하니 '청년 백수'요, '백조'요, '니트족'이요. 그러다 '88만 원 세대'라는 이름까지 얻었다. 2008년엔 IMF를 겪고, 서브프라임 모기지로 인한 글로벌 금융 위기를 겪은 '트라우마 세대'란 꼬리뼈도 얻었다.

우여곡절 끝에 취직하니 '기자님.' '김 기자'로 불렸다. 동기들마저 서로를 '정 기자.' '이 기자'라고 불렀다. 회사에 다니는 친구들은 '김 대리.' '이 과장.' '박 차장.' 혹은 '최 사무원.' '고 회계사님.' 어느새 이름은 간 데 없었다. 그 뒤엔 직업이, 직급이 다시 나를 가리키는 대명사가 되었다.

그러니 너의 이름이 불리는 봄날들을 즐기길 바란다. 너의 이름이 아직 너를 온전히 가리키는 그때를. 생각보다 매우 짧다. 물론 고통스럽다. 무엇을 해야 할지 모르겠고 무엇을 원하는지를 모르는 시절에 너는 너의 이름으로 불린단다. 너의 이름 뒤에 붙을 그 꼬리표를 네가 만들어가야 한다는 우주적 압박을 받으면서.

영화 〈위플래쉬〉에서 주인공 앤드류는 "잊히고 싶지 않아요. 위대해지고 싶어요"라고 한다. 스무 살 그때, 적어도 내 이름이 세상에서 잊히지 않았으면 했다. 잊히지 않는다는 건 무엇을 남기고 가면 좋겠다는 마음이 있었다는 뜻이다. 그 마음은 일을 시작하면서 내 이름이 부끄럽지 않으면 좋겠다는 마음으로 변했다. 그러다 '창피하게 살지 말자.' 그러다 소위 '쪽팔리게 살지 말자'로.

그러면 질문을 하나 할게.

너는 무엇을 좋아하니, 왜 좋니.

너는 무엇을 할 때 가장 행복하니.

너는 무엇을 할 때 가장 행복하지 않니, 왜 싫으니.

너는 무엇을 할 때 가장 슬프니.

너는 무엇을 배우고 싶니, 아니면 가장 하고 싶지 않니.

너는 무엇을 할 때 기쁘니.

너는 무엇을 할 때 사람들에게 칭찬을 듣니.

너는 무엇을 할 때 사람들에게 격려를 받니.

너는 무엇을 할 때 사람들에게 꾸중을 당하니.

너는 어떤 사람이니. 나는 궁금하다. 너는 내가 궁금하니. 나도 네가 참 궁금해. 나한테 알려주면 안 되겠니, 너란 사람을. 네가 좋아하는 음악을, 좋아하는 영화를, 소설을, 너의 취미를. 너의 버킷 리스트를. 너란 사람이 느끼는 감정의 파고, 너란 사람이 꿈꾸는 것들.

선뜻 대답을 할 수 있다면, 너는 나의 스무 살보다 어른이다. 나는 대답을 하지 못했다. 오리엔테이션 자리에서 이어진 3월 한 달의 신입생 술자리에서 "앞으로 뭐하고 싶니"라고 선배들이 물었을 때, 나는 우물쭈물했다. 4년 내내 "밥벌이를 뭐하고 살 거니"라는 질문이 쫓아올 때마다 나는 도망쳤다.

모르겠다. 세상에서 나를 필요로 하는지도 모르겠고, 내가 무엇을 잘하는지도 모르겠다. 객관식의 시험에서 겨우 탈출한 내가 나만의 답안지를 써내려가기엔, 모든 게 혼란스러웠다. 거기다 연애도 해야지, 학점도 챙겨야지, 아르바이트도 해야지, 친구들도 사귀어야지. 물론 아무것도 제대로 해내지는 못했다. 학점도 3점대 중반, 구청 아르바이트를 했지만 너무 재미없었고, 대학교 친구들이랑 거리감을 좁히지 못했고, 첫사랑은 캐나다로 연수를 갔고, 이 사람이 운명의 사람인지도 모르겠고. 알 수 없는 것들 투성이었다.

그러니까 괜찮다. 다만 나처럼 다른 사람들도 혼란스러운지, 다른 사람들도 그런지 궁금했다. 물어볼 사람이 없었다. 집안에서 내가 처음으로 대학교를 갔다. "언니니까, 누나니까 원래 이런 건가요"라고 물어볼 사람이 없다고 생각했다. 친구들에게 내 고민을 털어놓기엔 자존심이 셌다. 내 상황을 이해해줄 사람은 없다고 믿었다.

그래서 택한 방법은 책. 책을 읽었다. 다른 사람들의 이야기가, 그들의 삶이 엿보고 싶어서였다. 만약 다른 사람이라면 내 인생에서 어떤 선택을 할 수 있을까. 그들은 어떤 선택을 하고 잊히지 않는 사람이 되었을까. 책 안엔 첫사랑과 이별이, 밥벌이의 지난함에 대한 답들이 있지 않을까.

물론 영화도 보았다. 월요일 오전을 비웠다. 일주일에 한 번 조조영화를 보기 위해서였다. 4학년 때도 그랬다. 월요일이면 그 주의 개봉 영화를 보았다. 영화를 보는 동안 잠깐, 영화 주인공처럼 살아볼 수 있으니까. 두 시간만이라도.

책이 내게 힘이 되었다. 두 시간에 걸쳐서 혹은 그 이상 책을 읽는다는 것은 생각보다 많은 집중력과 인내심을 필요로 하는 일이다. 자꾸만 문장을 잃어버렸다. 책 속에서 문장과 문장을 찾지 못했다. 무슨 뜻인지 알 수가 없었다. 그래도 읽어 내려갔다. 책을 읽으며 문장에 밑줄을 긋고 옮겨 적었다. 한 권의 책을 읽는 데 만족했다. 읽어냈다는 사실이 그저 뿌듯했다.

여행은 가고 싶었지만 못 갔다. 그랬다. 그냥 가도 되는데 겁이 많아서 못 갔다. 여행을 다녀오면 그다음 주의 생활비가 걱정이었다. 유럽 여행을 가려고 아르바이트 세 개를 해서 모은 돈도 한 학기의 생활비로 썼다. 그렇게 내일이 올 것이 두려웠다. 그러니 여행을 갈 만한 용기가 있지 못했다.

서른이 넘은 지금, 내 이름이 불리던 날들을 생각하곤 한다. "그 시절에 읽은 책이 있어서 다행이다"라고 혼자 되뇐다. 내 이름이 불리던 날들에 내가 읽던 책이 내 안으로 들어왔다. 책 속 문장들의 미로에서 다른 사람들의 인생을 훔쳐보았다. 그들은 왜 그런 선택을 했을까.

그들은 인생의 고비마다 선택을 했다. 선의가 좋은 결과를 가져오지 않는다는 것도 알았다. 그럼에도 불구하고 자신의 선택에는 책임을 졌다. 그 선택을 위해서 다른 사람들을 설득했다. 그 선택에 앞서 자기 자신을 먼저 설득했다. 내가 나란 사람, 나의 것들을 알아갈수록 다른 사람의 마음도 헤아리는 노력을 했다. 그들의 마음을 헤아리지 못하면 누구든 설득할 수 없다.

이제 나는 다른 사람들의 이름을 부른다. 그 이름 뒤에 붙은 꼬리표를 함께 부른다. 그들을 만날 때, 그들이 오늘 어떤 마음으로 나와 이야기를 할까, 그들을 만나러 가는 길에 생각해보곤 한다. 그런 마음들이 내게는 나만의 것이 되었다. 만약 내가 책을 읽지 않았다면 몰랐을 것들. 남들에게 물어보아도 내가 들어도 깨닫지 못했던 것들.

"무슨 책을 읽어야 할지 모르겠다." 그런 말이 나올 수도 있다. 그렇다면 자서전을 읽어보길. 네가 하고 싶은 일들의 소위 '탑'들은 어떻게 살았나. 어떤 선택을 했나. 과학자든, 예술가든, 학자든, 사상가든. 러시아의 피아니스트 리히테르와 일본의 건축가 안도 다다오는 그들이 하고 싶은 연주, 건축을 하기까지 온갖 분야의 책을 읽었다. 자유롭게, 닥치는 대로.

그 책들이 그들의 삶에 바탕이 되었다. 그들의 이름이 세계에서 잊히지 않는 것은 아마도 그들이 읽은 책 때문일 것이다. 책 속에 다른 사람들의 인생이, 사랑이, 시련이, 고난이 있다. 우리가 겪지 못한 전쟁과 기아, 기근과 혁명, 죽음과 이별이 있다.

그러니 물어보길. 왜 이렇게 사는 게 힘들고 고통스럽느냐고. 도대체 무엇을 해야 할지 모르겠다고. 그건 요약본으로 과외로 동영상 강의로 술자리의 무용담으로 한 번에 알 수 있는 게 아니다. 네 이름의 무게는 네가 만드는 것이다. 네 이름이 불리는 날들에, 네가 읽은 책들이 네가 본 영화를 네가 하는 여행을 더 다채롭게 만들어주리라고 나는 믿는다.

그럼 어떤 책을 읽어야 하느냐고. 리영희 선생님은 이렇게 말하셨다.

역시 가장 큰 감명을 받은 것은 간디의 자서전이지. 또 네루의 옥중집필서인 《아버지가 딸에게 보내는 편지》를 읽고는 네루의 혁명가적 정신과 아울러 영국적 사상교육 정신을 체현한 인격자로서의 면모를 느낄 수 있었어. 몽테뉴의 《수상록》, 파스칼의 《팡세》, 루소의 자서전 격인 《고백록》 (…) 또 플 라톤의 《소크라테스와의 대화》, 괴테 평전 격인 에커만의 《괴테와의 대화》, 베토벤의 전기, 존 스튜어트 밀의 자서전, 그리고 아주 특별한 감동을 받으면서 읽은 것이 배우 찰리 채플린의 자서전입니다. 그밖에도 서너 권의 자서전이 있는데 지금 생각이 잘 안 나는군.
지적인 측면에서는 존 스튜어트 밀의 자서전이 아주 계몽적이고, 사상적인 측면에서는 네루의 일대기가, 인간적 위대함에 대한 감동의 측면에서는 간디의 자서전이 으뜸이었어. 하지만, 하나의 인간이 태어나면서부터 최악의 빈궁상태의 생존을 체험해 오면서 자신의 능력을 극대화하는 감격적인 감동은 사회악에 항거하며 많은 사람의 의식을 열어준 희극배우 찰리 채플린의 자서전 이상이 없더군.

- 리영희, 《대화》

미친년도
일기를 쓴다

"10억을 준다면 다시 20대로 돌아갈래?" "아니."

내 대답은 단호하다. 2015년 올해로 서른 셋. 초혼 연령의 평균을 두 살쯤 넘긴 나이지만 나는 100억을 준다고 해도 결단코 20대로 돌아가고 싶지 않다. 내가 무엇을 하고 싶은지 무엇을 잘하는지 혹은 못하는지조차 모르던 시간으로 돌아가고 싶지 않다. 대학교에 들어가고 난 뒤 내 인생은 공포 그 자체였다.

드라마라면 코믹, 서스펜스, 스릴러, 로맨스 모든 장르가 뒤죽박죽. 달콤 쌉싸름한 초콜릿맛 연애만 있는 것이 아니었다. 그리고 가난했다. 아르바이트를 끊임없이 해야만 했다. 학원 강사부터 성형외과 직원, 과외 선생님부터 주일 학교 선생님까지. 나는 가르칠 준비가 되지도 않았건만 누군가를 가르쳐야 했다. 그건 곤혹이었다.

그리고 꿈. 나는 글을 쓰고 살 팔자라는 것을 초등학교 3학년 때 알았다. 내 첫 일기는 《노트르담의 꼽추》를 읽고 쓴 독후감이었다. 에스메랄다를 사랑한 꼽추는 행복했을까. 중학교 1학년 때 양귀자의 《천년의 사랑》을 읽고 끙끙 앓았다. 무서웠다. 저렇게 상처받고 처참하게 망가진 뒤에 진짜 사랑이 찾아오는 것일까. 꿈도 그러한 것일까.

《상실의 시대》를 읽고서는 "아니, 이렇게 야한 소설이 있단 말인가" 하며 놀랐다. 몰래 숨어서 읽었다. 고등학교에서 두 번째로 《상실의 시대》를 읽기 전까지 나는 와타나베도, 미도리도, 나오코도 관심이 없었다. 오로지 레이철과 레이철을 유혹한 중학교 소녀의 장면만이 기억에 남았다. 그런 야한 책을 신줏단지 모시듯 고등학생들이 읽을 때, 나는 "다들 밝히는 구나" 했다.

그런 책을 쓰고 싶다. "연애소설을 써야지. 그래서 눈물을 흘릴 정도로 슬프고 얼굴이 벌게질 정도로 야한 연애소설을 써야지"라고 열일곱 살 때 일기장에 썼다. 스무 살 때 대학교에 들어왔다. 첫 술자리, 다들 “기자가 되고 싶습니다.” “피디가 되고 싶습니다.” “독립 저널리스트가 되고 싶습니다.” 할 때 나는 우물쭈물했다.

글을 쓰고 싶다고 열일곱 살 때부터 일기장에 적어왔지만, ‘여기서 이 꿈을 말해도 되나’ 하면서 나는 두려웠다. 겁이 났다. ‘다들 내 꿈을 비웃으면 어쩌지’ 했다. 엄마가 “너 앞으로 뭐 먹고살래”라며 물어보는 날들에도 나는 대답을 하지 못했다. 머뭇머뭇했다.

대신 네이버에서 블로그를 했다. 혼자 미술관에 가고, 동물원에 가고, 책을 읽으며 글을 썼다. 대학교 친구들에게 왕따를 당하고 나니 약간 편했다. ‘안 그래도 혼자 있을 시간이 없었는데 이제 생겼구나. 차라리 잘 되었다. 공강 시간에 혼자 도서관을 가면 되겠구나. 혼자 미술관을 가면 되겠구나. 전철 한 구간으로 어디까지 멀리 혼자서 갈 수 있을까.’ 나는 그렇게 혼자 놀았다.

고민을 했다. 방송 작가가 되어볼까. 소설가가 되어볼까. 밥벌이를 하기는 글 솜씨가 모자라다는 것도 잘 알았다. 나는 시계도 사고 싶고, 원피스도 사고 싶고, 구두도 사고 싶은데 글밥으로 내가 그것들을 살 수 있을까. 그만 가난하고 싶었다. 다행히 장학금을 받고 다녔지만, 그래도 늘 돈은 모자랐다.

아르바이트를 해야지 생활비가 생겼고, 보고 싶은 공연이 5만 원이란 사실이 서글펐다. 남자친구가 일기장에 '하루에 5만 원을 쓰다니 우리는 부자가 아니잖아'라고 적어놓은 글이 슬펐다. 보고 싶은 공연을 보면서, 예쁜 옷을 사면서, 명품 선글라스와 립스틱도 갖고 싶었다. 큰돈은 필요 없지만, 매달 한 300만 원만 벌면 좋겠다. 그러면 사소하고 소박한 나만의 시간을 가질 수 있을 것 같았다.

그래서 기자를 택했다. 월급 300만 원 나올 수 있는 일, 글을 쓰면서 사람을 만나는 것. 두 가지를 좋아하는 내가 할 수 있는 일. 물론 과가 신문방송학과였다는 점도 무시할 순 없다. 그렇지만 기자가 될 때까지 3년 6개월이 걸릴지 몰랐다. 글로벌 금융 위기가 뭐길래. 서브 프라임 모기지가 뭐길래 왜 미국에 부동산도 없는 언론사들이 채용을 다 줄일까. 언론고시에 말도 안 되는 논술 주제도 나왔다. '글로벌 금융 위기가 슈퍼마켓 김 씨에게 미친 영향은?'

20명 안에 들어갔지만 운이 좋지 않았다. 하필이면 같은 대학교 출신의 남자가 같은 조였다. 목소리도 멋있고, 얼굴도 잘생겼고, 인사 담당자마저 그에게 호감을 보였다. 그래도 말싸움에서 지지 않는 나니까 토론에서 해보자고 했지만 아뿔

싸, 나는 방송 뉴스를 보지 않았다. 방송 뉴스에 '어제'나 '오늘'이란 단어가 들어가면 안 된다는 것을 몰랐다.

그렇게 낙방에 낙방을 거듭하자 남자친구도 떠났다. 떠나는 그에게 말했다. "나라면 벌써 도망갔을 텐데, 의리가 있어서 고마웠다. 그렇지만 나 시험 붙을 때까지만 더 있어주면 안 돼?" 그는 "한 번 읽은 책은 다시 읽을 수 없어. 결론이 같잖아"라며 나를 안양천에 남겨두고 갔다. 울고불고 애교도 피웠지만 소용이 없었다.

그런 스물여덟, 드디어 기자 타이틀을 달았다. 첫 월급으로 무엇을 살까. 엄마에게 가방을 사주고, 나는 책을 100만 원어치 샀다. 때마침 북스리브로가 책을 50퍼센트 세일을 해서 그러니까 실제로는 200만 원어치 책을 샀다. 갖고 싶은 화집, 비싼 책들을 마구마구 샀다. 《서양미술사》부터 칼 세이건의 《코스모스》 같은 책들.

입사 1년, 나는 내게 시계를 사줬다. 2년차에도 3년차에도. 그전까지 내가 가진 시계는 3년 사귀던 남자친구가 처음이자 마지막을 사줬던 선물이었으니까. 나는 나만의 시간을 살리라. '내가 누구든 무엇이든'이라며 시계를 샀다. 그런 시계가 차곡차곡 쌓였다.

그러니 나는 20대가 싫다. 징그러울 정도로. 그것을 다시 겪어야 한다면 참으로 괴롭다. 그렇지만 그때 겪은 나의 방황, 고민, 연애, 눈물, 분노, 서러움 같은 것들이 지금의 나를 만들었음에 감사한다. 서른이 넘어서야 나는 내가 할 수 있는 일이, 잘할 수 있는 일이 글쓰기라는 믿음을 갖게 되었고, 내가 못하는 것은 연애라는 것을 깨달았다. 물론 남자 보는 눈도 형편없다는 것을.

20대의 주옥같은 보물은 일기장이다. 스무 살의 나는 다음 카페에, 스물 세 살의 나는 네이버 블로그에, 스물일곱 살의 나는 싸이월드에 썼다. 서른 살부터는 몰스킨 노트에 적었다.

2012년 7월 30일. 내가 서른 살에 짧은 여행을 마치고 다시 이 도시에 돌아오면서 나 자신과 약속한 것은 일곱 가지였다.

1. 책을 다시 읽고 기록을 남길 것.
2. 책을 읽을 때마다 발견한 새로운 단어와 그 뜻을 노트에 적어 개인 사전을 만들 것.
3. 일주일에 시 한 편을 읽을 것.
4. 주말에 술을 마시지 말 것.
5. 수영을 배울 것.
6. 가끔 이 도시를 걸을 것.

7. 늘 수첩에 기록을 남길 것.

> 서른셋이 되기 전에 세상을 떠난 저자들의 책이네. 한때 수집을 했었지. (…) 왜 하필 서른셋이냐고 묻고 싶은 모양이군. 글쎄 서른셋은 예수가 십자가 위에서 돌아간 나이고 알렉산더가 거대 제국을 건설하고 죽은 나이지. 서른셋이 지나면 더이상 청춘이라고는 할 수 없지 않을까. 요절이란 말도 서른셋이 되기 전 죽은 자들에게나 주어지는 것 아니겠나.
>
> – 신경숙, 《어디선가 나를 찾는 벨이 울리고》

일기를 쓰자. 나는 그렇게 권한다. 공책을 사서 세 줄이라도 적자. 돌이켜보면 이렇게 기고를 한 것도 퇴사 후 매일매일 일기를 쓰자고 한 나와의 약속에서였다. 페이스북에 매일매일 일기를 썼다. 그날 본 영화, 책, 아니면 사회 현상에 대한 글. 어쩌면 그리움, 외로움 같은 것들을. 그것을 본 《미디어스》에서 연락을 주었다. 그리하여 퇴사 119일 만에, 불면증은 여전하고, 방황하는 나는 글을 기고하게 되었다. 소설가 김연수는 말했다.

글을 쓰는 동안, 우리는 자신에게 말하고, 그건 생각으로 들리고 눈으로 읽힌다. 날마다 우리가 쓰는 글은 곧 우리가 듣는 말이며, 우리가 읽는 책이며, 우리가 하는 생각이다. 그렇다면 무엇을 쓰고, 무엇을 듣고, 무엇을 읽으며, 무엇을 생각할 것인가? 그것을 결정하는 사람은 우리 자신이다. 그렇다면 잔인한 고통의 말을 쓰고, 듣고, 읽고, 생각하겠다고 결정하지 말기를, 그런 건 지금까지 우리가 들었던 부주의한 비판들과 스스로 가능성을 봉쇄한 근거 없는 두려움만으로도 충분하니까. 뭔가 선택해야한다면 미래를 선택하기를. 어떤 사람이 되고 싶은지 생각해 본 뒤에 그런 사람이 되기 위한 말을 쓰고, 듣고, 읽고, 생각할 수 있기를. 그러므로 날마다 글을 쓴다는 건 자신이 원하는 바로 그 사람이 되는 길이다.

- 김연수, 《우리가 보낸 순간》의 서문

30대 언니 혹은 누나가 해줄 말은 이런 것이다. 일기를 써라. 페이스북에 올리는 것도 좋고, 블로그를 하는 것도 좋겠다만 일단 공책에 쓰자. 펜을 손에 쥐어라. 그리고 오늘 왜 즐거웠는지, 왜 행복했는지, 왜 슬펐는지, 무엇이 너를 괴롭게 하는지 적어라. 미칠 것 같은 즐거운 일들이 너의 우울하고 슬픈 20대를 견디게 해줄 것이다. 무엇을 해야 할지 모르는 너를 웃게 해줄 것이다. 그러니 일기를 쓰자. 내가 써보니까 그렇더라. 노트북보다 펜이다. 인터넷보다는 일기장이다.

영화 〈나를 찾아줘〉 봤지. 희대의 쌍년이자 미친년도 일기를 쓴다. 자기가 학대당하는 양, 일기를 쓴다. 바람피운 남편을 언론 앞에 세워 여론 재판을 한다. 지금 겪는 괴로움, 치욕, 수치 다 적자. 그건 증거가 되니까. 나중에 알바 점주한테 괴롭힘을 당하거나, 혹은 선배한테 불쾌한 스킨십을 당하거나. 여러 가지 혼자 겪는 괴로움들의 증거를 남기자. 그리곤 고발하자. 싸워서 이길 수 있을 자신이 생길 때에. 그러니까 일기를 쓰자. 일기는 증거이자 자산이자 너의 무기다. 세상과 부조리에 싸워서 이길 수 있는.

나의 사춘기에게

2008년은 참으로 이상한 해였다. 본격적인 백수 2년차, 세상은 뜨거웠고 사람들은 더 뜨거웠다. 그해 이후 질문을 받았다. "너는 누구 편인가." 김훈의 소설 제목 같은 질문이었다. 다시 말하면 '촛불 시위*를 나갔니.' 그해 언론사의 논술 주제는 '촛불 시위에 대해 논하시오'였다.

---

* 2008년 4월 19일 정부가 2차 한미 FTA 협상에서 광우병 위험이 있는 소고기의 국내 수입을 타결하자 이를 비판하기 위해 2008년 5월 2일부터 8월 15일까지 학생과 시민 등이 자발적으로 모여 광화문 일대에서 벌인 대규모 집회를 가리킨다.

언론고시생 2년차, 예상 논제는 빗나갔다. 단 하나의 논술로 모든 시험을 붙을 수 있었다. 그 말은 나만의 답을 찾지 못한다면 계속 떨어진다는 것이었다. 단 두 곳의 시험에 붙었다. 한 곳은 작문을 보는 언론사였다. 다른 곳은 '글로벌 금융 위기가 봉천동 슈퍼마켓 주인 김 씨에게 미친 영향을 논하시오'를 물어본 방송사였다. 촛불 시위에 대해 논하라는 것이 아니었기에, 필기시험에 합격했다. 하지만 둘 다 최종 합격하지 못했다. 그렇게 나는 백수 3년차에 진입했다.

촛불 시위가 거리 시위로 점화한 2008년 5월의 그날, 나는 거리에 있었다. 남자친구에게 서울시청을 걷자고 했다. 그는 싫다고 했지만, 나는 시위에 그를 데리고 갔다. "며칠째 이어진다는데 우리 봐야 하지 않을까." 한 무리의 청년들이 갑자기 일어서더니 "청와대 행군"을 외쳤다. 사람들은 앞사람을 따라서 앞으로, 앞으로 갔다.

그는 그렇게 뜨거운 여름을 보냈다. 발바닥에 근육이 생길 정도라고 했다. 촛불 시위 현장에서 사람들이 소리치고 맞고 울고 하는 것을 보았다. 나도 그 뒤로 몇 번 촛불 시위에 나갔다. 친구들을, 후배들을 데리고 갔다. 관찰하고 싶었다.

왜 거리에 나오는가. '명박산성'*이 쌓인 날, 그 앞에서 그 산성을 "넘자, 말자" 하는 것을 밤새도록 지켜보았다.

2008년 가을, 1년을 기다린 끝에 첫 면접. 그날은 원화 약세로 달러 환율이 1600원을 기록하던 날이었다. 면접관은 이런 질문을 던졌다. "너네 아버지 뭐하시노"와 "촛불 시위에 나갔는가. 사람들은 왜 나가는가." 그 질문에 "무직이십니다"와 "나갔습니다"라고 답했다. 면접관의 인상이 찌푸려지는 것을 보았다.

나는 어느 편이라고 생각하지 않는다. 대신 평생 죽을 때까지 할 일이라면, 기왕이면 좋아하는 일을 해보자고 마음을 먹었다. 그것이 글쓰기였고, 사람을 만나는 일이었다. 그 두 개의 조합, 거기에 매달 300만 원 받았으면 좋겠다는 생각이 더해져 기자를 해야겠다고 마음먹었다.

2008년 이후 세상은 물어본다. "너는 누구 편인가." 생각해보면 1987년을 겪은 데스크들은 100만 명의 사람이 한데 모인 광경이 두렵고, 설렜던 것 같다. 그래서 물어본 것이

---

* 2008년 6월 10일, 6월 민주항쟁 21주년을 맞아 한미 FTA를 비판하는 시위대를 중심으로 '100만 촛불 대행진'이 계획되자 경찰이 세종로 등지에 전경버스와 컨테이너 등을 쌓아 국민의 통행과 정부에 대한 소통을 원천봉쇄했다. 이를 본 시민들이 이 바리케이트 구조물을 일컫던 말이다.

다. 그들이 청춘이었을 때 자신들 역시 100만 명이 모여서 세상을 바꿨다고 믿는 이들이기에.

그렇지만 나는 알 수가 없었다. 누구의 편이냐는 게 지금 여기에서 물어봐야 할 질문인가. 어리석을지 몰라도 나는 중요한 문제가 아니라고 생각했다. 우리는 휴대폰마저 총천연색을 보는 시대를 살았다. 흑백텔레비전을 보고 자라난 세대가 아니다. 세상은 누구의 편으로 결정될 문제가 아니다. 나는 나인 것이다. 그저 행복하게 즐겁게 살고 싶다는 마음뿐이었다.

그 뒤에 알 수 없는 일들이 일어났다. 북한 군인이 금강산 관광객을 쏘았으며,* 천안함이 바다에 가라앉았다. 그 뒤에 사람들은 더 많은 질문들을 물어왔다. "천안함 사건이 누구의 짓이라고 생각하는가." "대북 햇볕 정책은 성공한 정책인가." 실은 앞뒤가 같은 질문이었다.

너는 누구 편인가. 《조선일보》를 읽는가, 《한겨레》를 읽는가. 야당에 투표하는가, 여당에 투표하는가. 이력서에 본적지를 적으면서 스스로를 검열했다. '전북 김제 평사리'에 가

---

* 2008년 7월 11일 새벽, 북한의 금강산관광지구의 해안가를 산책하던 대한민국 여성이 북한 군인의 총격으로 사망한 사건이다.

본 지 10년이 넘었지만 그들은 나를 분류하겠구나. 내 주민등록증만 봐도 서울에서 태어난 사람인데. 아버지 고향으로 나를 짐작하고, 사는 곳으로 나를 재단하고, 다니던 학교로 나를 추정하겠구나. 알 수가 없었다. 그런 질문에 어떤 대답이 정답인지 알 수가 없었다.

그러다 세상은 우리에게 짱돌을 들지도 못한 '88만 원 세대'라 조롱했다. 밤마다 꿈을 꾸었다. 삼각형의 먹이사슬의 가장 아래에 위치하는 비정규직 여성이 되는가. 그것도 4년제 대학교를 나와서. 남자친구마저 없으면 나는 내가 아닌 것 같았다. 낙방의 나날엔 내가 그랬다. 엄마의 얼굴을 보기 미안해서 세상에서 없어지고만 싶었다. 돈이 없어서 여행도 가지 못했다. 겁이 많아서 여행을 갈 생각도 못했다. 후배의 자취방에 숨어, 미드를 열두 시간 내내 보았다.

나의 이런 시절에 지친 그가 내게 이별을 고했다. 건대의 거리에서 술에 취해서 그를 붙잡으면서도 나는 그랬다. "나라면, 내가 너라면 진즉에 떠났을 텐데……." 어떤 사람을 잡아본 것은 그것이 처음이자 마지막이었다. 그때는 그렇게 절박했다. 그마저 없으면 나란 사람은 아무것도 아닌 것 같았다. 한동안 그와 이별했다고 아무에게도 말할 수가 없었다. 세상을 사람을 피해 숨었다. 숨는 게 내가 할 수 있는 유일한 공격이자 방어였다.

그 시절에 엄마와 할아버지가 연달아 병원에 입원했다. 몇 달간 병원 생활을 이어갔다. 마음이 편했다. 디스크 환자들 곁에서 나는 숨었다. 이런 생각이 들었다. 내가 문제라면 생각을 바꿔볼까. 보수지와 경제지만을 읽었다. 그렇게 몇 달 하면 생각이 바뀔 거라 예상했지만, 이내 때려치웠다. 내가 왜 그런 일을 해야 할까. 기자가 뭐라고. 기자가 뭐라고. 나는 어차피 '어느 곳'의 기자가 될 생각이 없었다. 그저 '기자'가 되고 싶었던 것이다.

그렇게 숨는 생활이 끝나고 3년차 백수의 일상으로 돌아왔다. 대학교 언론반도, 도서관도 나가지 않았다. 때론 낮에 산책을 했지만, 동네 사람들이 혀를 차는 소리가 귓가에 들리는 것 같았다. 교회에 가면 집사님, 장로님 들의 눈길이 두려웠다. "멀쩡해서 왜 저러고 있다니." "엄마 고생하는 거 잘 알 애가." 그런 소리들이 들리는 듯했다. 듣기도 했다.

답답할 때 운동화 끈을 조였다. 엄마가 자고 있는 밤마다 집 앞 운동장을 걸었다. 걷다가 뛰다가 소리를 질렀다. 평화로운 불빛을 향해 야유를 보냈다. 남들처럼 살고 싶다. 그게 무슨 대단한 소원인가. 알라딘의 램프 요정이라도 불러야 할까. 한참을 뛰면 콧물인지 눈물인지 모를 게 흘러내린다.

엉뚱한 사람에게 화를 낸다. 전화를 해서 시비를 건다. 휴대폰이 뜨거워지지만 내 마음은 답답해진다. 그렇게 한바탕 뛰고 나서 집에 돌아온다. 샤워를 하고 자리에 눕는다. 잠이 오지 않는다. 아래에 뱀과 지네가 우글대는 구덩이가 있는 절벽에 선 사람처럼 발바닥이 서늘해진다.

아침이 되면 지긋한 하루가 시작됐다. 웃으며 아무 일 없이 하루를 시작한다. 현관에 쌓인 인조 잔디만이 밤마다 나의 사투를 안다. 그런 시절을 3년 6개월 버텼다. 마침내 기자가 되었다. 그러나 세상은 그때부터 시작이었다. '개XX 총량의 법칙'이 있더라. 절망과 괴로움은 끝나지 않았다.

낙방의 세월을 '지우고 싶은 시절'이라고, 5년 만에 만난 같이 공부하던 친구는 말했다. 그 시절에 쓴 글을 다 내다 버렸다고. 나는 여전히 한구석에 안고 있다. 때론 들춰보기도 한다. 블로그에 글을 모아두기도 했다. 그때 읽은 책, 그때 했던 생각 들이 직장 생활의 버팀목이었다.

여행자를 자처하며 백수인 내가 이렇게 글을 쓰게 된 것도 그 시절 덕분이다. 지나가면 모든 게 좋아질 것이라는 말을 하지 않을 것이다. "죽을 것 같이 괴로운데 죽지 않는다." 입사를 앞둔 20대 친구에게 제주도에서 만난 30대 언니, 오빠 들은 이렇게 이야기했다. 그렇다. "죽을 것 같이 괴로운데 죽지 않는다."

다만 고통을 먹어버리자. 이 낙방의 기억을 먹어버리면, 조금 다른 사람이 될 것이다. 조금 더 강한 사람이 될 것이다. 그러니 죽지 말자. 지금은 그저 근육을 만들 시기. 생각의 근육을. "너는 누구 편이냐"라는 질문에 대답을 찾은 건 5년이 지나서였다. "상식적이고 합리적인 사람이 되고 싶습니다." 그리고 "엄마와 아빠보다 행복하고 즐겁게 살고 싶습니다"라는 나의 대답을 찾아냈다.

그러니 괜찮다. 누구의 편이라는 질문에 빨리 답을 찾아낸 친구들도 다 이 괴로운 나날을 겪는다. 언젠가, 그러니 나는 조금 일찍, 길게 겪는다고 해서 부족한 사람이 아니다. 다만 예민하고 섬세한 사람이다. 그러니 이 고통을 먹어버리자. 먹어버리면 철학이 생길 테니. 자신만의 답을 찾을 테니. 떨어져도 괜찮아, 괜찮아. 누구의 편이냐고 묻는 누군가들의 질문에 상처받지 말자.

거울 속 제 얼굴에 위악의 침을 뱉고서 크게 웃었을 때
자랑처럼 산발을 하고 그녀를 앞질러 뛰어갔을때 분노
에 북받쳐 아버지 멱살을 잡았다가 공포에 떨며 바로
놓았을 때 강 건너 모르는 사람들 뚫어지게노려보며

숱한 결심들을 남발했을 때 한 귀로 듣고한 귀로 흘리
는 것을 즐겨 제발 욕해달라고 친구에게빌었을 때 가
장 자신 있는 정신의 일부를 떼어내어 완벽한 몸을 빚
으려 했을 때 매일 밤 치욕을 우유처럼 벌컥벌컥 들이
켜고 잠들면 꿈의 키가 쑥쑥 자랐을 때 그림자가 여러
갈래로 갈라지는 가로등과 가로등 사이에서 그 그림자
들 거느리고 일생을 보낼 수 있을 것 같았을 때 사랑한
다는 것과 완전히 무너진다는 것이 같은 말이었을 때
솔직히 말하자면 아프지 않고 멀쩡한 생을 남몰래 흠
모했을 때 그러니까 말하자면 너무너무 살고 싶어서
그냥 콱 죽어버리고 싶었을 때 그때는 꽃피는 푸르른
봄이라는 일생에 단 한 번뿐이라는 청춘이라는

– 심보선, 〈청춘〉

자취방
같이 구해줄게

몇 평에 살아야 할까. 삶을 돈에 맞추는 게 아니라 평수에 맞추자. '독립 = 삶의 질'이잖아. 내가 살아본 결과 열 평 이내 오피스텔은 실평수 5.5평. 즉 작은 방에 지나지 않아. 1년 살면 집이 옷으로 가득 찰 걸. 나 같은 경우는 책이었지만. 적어도 실평수가 열두 평은 되어야, 우울증에 걸리지 않는 독립생활이 가능해. 여자 두 명도 같이 살 수 있는 평수고. 커피 한 잔 사줄래? 그러면 이야기해줄게. 세상에 공짜가 어디 있니. 언니는 자발적 자취 생활을 한 지 4년째야. 서울 하늘 아래 나만의 도피처를 구하는 게 쉬운 줄 알아? 무작정 발품 팔면 그저 고생이라니까. 무식하면 손발이 고생한다는 동서고금의 진리도 모르니. 대대로 앞선 사람들의 노하우는 들어둬야지. 내가 사랑하는 너니까,

딱 5000원짜리 아메리카노 한 잔에 다 털어놓을게. 내가 전직 경제지 기자인 건 알지? 설명은 일목요연하게 핵심만, 논리적으로. 집을 구하는 법에 대해서 이야기해줄게. 부동산 기사에도 나오지 않는 그런 생생한 팁 말이야.

일단 집을 구할 때 가장 중요한 건 통근 거리다. 첫 독립생활이니까 요새 한창 뜨는 연남동이나 홍대, 마포 이런 데 생각하고 있지? 아니면 대학가를 생각하고 있지? 꿈 깨라 꿈 깨. 독립에서 가장 중요한 건 출퇴근이야. 결국 경기도에 사는 네가 아니면 지방에서 서울로 올라온 네가 독립하는 이유는 고된 출퇴근을 피하기 위해서잖아. 그렇다고 회사 가까이에 살아봐라. 살 수도 없을 뿐더러 사는 순간 매일같이 회식행이다.

《마이크로 트렌드》란 책을 보면 매일 세 시간 넘게 출근하는 '익스트림 통근족'이 미국 인구의 1퍼센트가 넘었다고 나와. 일단 독립에서 가장 중요한 건 직장과 집의 거리가 30분 이내일 것. 만약에 셔틀버스가 다닌다면 한 시간도 괜찮아. 셔틀버스 타서 바로 자면 되니까. 가장 중요한 건 네가 사는 곳의 '힙함'이 아니라 '통근 거리.' 그거부터 잊지 말자.

두 번째, 그렇다면 통근 거리는 어떻게 재어야 할까. 수많은 부동산 광고 글이 있어. 지하철역에서 도보 10분 혹은 15분. 이런 거 다 속지 말자. 부동산에서 지하철역과의 거리는 곧 돈이랑 직결된다. 내가 국회 앞 한강성심병원 옆에 살았어. 거기 보면 지하철역과 5분 거리라고 나오는데, 내가 지하철 몇 번 타고 다녔을 것 같아? 국회 출입할 때는 진짜 집에서 출근 10분 전에 나와서 택시 타고 갔어. 기본요금이라고. 근데 생각해 봐. 2500원씩 일주일에 다섯 번이면 2만 5000원이고. 20일 출근하면 10만 원이야.

통근 비용과 시간을 줄이기 위해 이사한다는 애초 목적에서 벗어났지. 게다가 거기는 국회 앞 슬럼이라고 불릴 정도로 환경이 좋지 않았어. 주변에 싱글들을 위한 오피스텔과 도시형 생활주택이 많이 생겼지만 거기도 결국엔 전세가가 8000만 원, 9000만 원했거든. 만약 내가 거기에 살았어도 나는 택시를 탔겠지. 당산역까지 느린 걸음으로 15분. 마을버스를 타려면 집에서 5분. 그러니 급하면 그냥 택시 타는 거야.

결국엔 지하철역과의 거리는 부동산 가격이랑 직결돼. 너 돈 많아? 없지. 그러면 내가 진짜 노하우를 알려줄게. 일단 버스정류장이 바로 앞에 있는 오피스텔을 고르도록 해. 지하철역이랑 떨어져도 버스로 서울 주요 시내 갈 수 있게.

나는 지금 목동에 살아. 집 앞에서 2분 거리에 버스 정류장이 있어. 그러니 아침엔 택시 안 타고 버스를 타. 버스 타고 두 정거장이면 5호선 목동역이고. 여덟 정거장이면 9호선 염창역이야. 버스로 신촌, 홍대 15분 만에 갈 수 있어. 2호선을 타려면 홍대로 가면 돼. 종로는 한 시간이면 가고. 강남을 가고 싶으면 9호선 염창역에서 직행 타고 30분이면 갈 수 있어. 그러니 난 목동에 이사 오고 나서 교통비가 대학생 시절에 썼던 만큼 줄었어. 사람이 애매하면 자꾸 택시를 타. 춥다고 비 온다고. "내가 돈 버니까" 이러면서. 근데 그 택시비가 너의 카드값을 자꾸 퍼간다,

이건 또 오피스텔 가격으로 직결돼. 지하철역이랑 떨어져 있기 때문에 당연히 시세는 내려가겠지. 집 구하러 돌아다녀 보면 알겠지만 지하철역이랑 근접한 오피스텔의 전세는 1억을 보통 넘어. 하지만 살짝 떨어져 있는 오피스텔은 가격이 많이 내려가. 교통이 똑같이 편리하면서 말이야. 따라서 내가 원하는 평수를 구하면서도 보다 합리적 가격 안에서 찾을 수 있지.

하지만 여기서 주의해야 할 점은 열두 평도 다 같은 열두 평이 아니란 점이야. 베란다가 있고 없고의 차이가 커. 그 집에서 너의 첫 독립생활을 시작하잖아. 이 말은 결혼하기 전까지, 혹은 특별한 일이 없는 한 오랫동안 산다는 이야기고.

그러니 베란다는 필수야. 여름엔 선풍기를 넣어놓고 자전거부터 각종 잡동사니를 넣어둘 수 있는 곳. 그게 있으면 방 안이 한결 정리정돈이 되고 넓어지니까. 각종 운동기구는 말할 것도 없고.

두 번째, 신발장이 클 것. 요새 신발 한두 켤레만 신고 다니는 사람은 없잖아. 여름엔 플립플랍에 버켄스탁에 아쿠아슈즈를 비롯해 철마다 신는 운동화, 구두까지. 작은 오피스텔일수록 신발장이 작고 결국에 마트에서 간이 신발장을 사야 하는데 그럼 안 그래도 좁은 공간이 더 좁아진다. 욕실은 좁아도 상관없어. 욕조 넣을 것도 아니잖아. 그러니까 오히려 욕실보다 신발장을 보는 게 더 먼저야.

그러면 가장 중요한 이야기를 해볼까. 독립하고 싶어도 돈이 없다고. 그런 너를 위해 주택전세자금대출이라는 좋은 제도가 있어. 나라에서 전세 사는 사람에게 돈을 빌려주는 제도야. 다 빌려주는 건 아니고 전세 금액의 70퍼센트, 이율은 3퍼센트 초반이니까* 고시원 한 달 비용보다 적을 거야. 그러

---

* 2021년 버팀목전세자금대출의 경우 신규 계약일 때 수도권의 경우 1억 2000만 원 내에서, 수도권 외에서는 8000만 원 내에서 전세 금액의 70퍼센트에서 80퍼센트를, 연 1.8퍼센트에서 2.4퍼센트 금리로 대출해준다. 구체적인 것은 대출을 받는 개인의 소득 등에 따라 다르다.

니 전세 6000만 원일 경우 나라에서 4200만 원을 빌려주지.

그 정도 없다고? 그러면 주거래 은행을 찾아가 봐. 주거래 은행도 비슷한 제도를 갖고 있어. 거기서는 전세 금액의 80퍼센트를 빌려줘. 이자는 3.7퍼센트 정도. 정부보다는 높지. 나도 이거 했어. 6000만 원일 경우 80퍼센트면 4800만 원이지. 여기서 깨알 조언. 수많은 은행이 있는데 어디로 가야 할까. 무조건 회사 내 빌딩에 입주한 은행, 너의 월급 통장이 개설된 곳으로 찾아가. 가서 너의 회사를 밝히고 전세금 빌리러 왔다고 하면서 이율을 낮게 해달라고 해.

은행 입장에서 우수 고객님이 와서 해달라고 하는 거니 신경 더 써줄 수밖에 없어. 전세금 제도를 이용할 때 필요한 서류들이 있어. 확정일자 찍힌 등기부등본, 계약금이 적힌 영수증, 계약서, 가족관계증명서 이런 거 한 번에 다 준비해서 부탁하면, 아무래도 너의 첫인상이 좋을 테니 더 도와주고 싶겠지. 결국 사람이 하는 일이잖아.

그러니까 실질적으로 1200만 원만 있으면 전세 6000만 원에도 살 수 있는 거지. 2년 뒤에 전세 계약이 끝나면 원금 돌려주고, 그새 이자만 내면 되니까. 이율은 3.5퍼센트라 계산하면 매달 16만 8000원의 이자만 내면 돼. 즉 창문 없는 고시원보다는 더 싸지. 그런 고시원도 적어도 20만 원은 내니까.

그렇다고 1200만 원만 딱 있으면 되냐고? 아니지. 일단 계약금의 10퍼센트 정도를 미리 갖고 있어야 한다. 방을 보러 다닐 때 계약하겠다며 선금으로 5퍼센트 먼저 주고, 나머지 잔금 줄 때 같이 주면 되는 거지. 또 이사 비용과 침대랑 침구 구입 비용, 복비를 계산해서 적어도 여윳돈 200만 원은 갖고 있어야 해. 안 그러면 카드값 구멍 난다.

그럼 오피스텔 위치에 대해서 이야기해볼까. 아무래도 여자라면 골목길보다는 대로변에 위치한 오피스텔에서 살자. 골목길은 위험하니까. 대신 1, 2층 사람들 많이 다니는 곳보다는 엘리베이터가 있다면 4층에 사는 게 좋겠어.

오피스텔은 주인이 같이 사는 곳이 좋아. 내가 당산에 살 때 학을 뗐던 것도 관리인 때문이었어. 물론 좋은 분도 있지만 관리인 중에 '아 다르고 어 다른' 분도 많아. 당시 내가 살던 곳은 오피스텔만 한 여섯 개 가지고 있는 분의 건물이었는데, 관리인이 상주했어. 입주할 때만 다정하게 굴던 관리인은 물세가 1만 5000원이라면서 말도 안 되게 여러 가지를 다 요구하더라고. 심지어 나중에 이사할 때 청소 비용도 내놓으라고 했다. 새벽별 보고 출근하는 나한테 물세 내놓으라고 하기도 하고.

오피스텔에 주인이 같이 사는 경우에는 무슨 일이 생기

면 오피스텔 주인한테 바로 책임을 물을 수도 있고. 아마 자기가 살려고 건물을 디자인해서 아무래도 조금 더 편한 게 있을 거야. 그냥 공장 찍어내듯이 만들어낸 게 아닐 테니까. 남향에다가 자기네 가족들이 살기 좋도록 구조를 만들어뒀을 가능성이 높아. 관리인이 없으니까 아무래도 계약에 관련해서 서로 말이 다를 일도 없고.

그래도 어디에 살아야 할지 모르겠다고. 일단 마트 가까운 곳보다는 주변에 재래시장이 있는 곳으로. 마트는 1인 가구의 적이야. 싱글들이 사려고 하면 뭐든지 다 세트잖아. 물이랑 맥주, 와인 살 때 빼고 마트는 멀리해. 대신 재래시장 가면 "3000원어치 갓김치 주세요." "생선 한 마리 2000원에 주세요"라며 에누리가 가능하다. 귀찮으면 시장에서 끼니 해결해도 되고.

그런 의미에서 요새 뜨는 동네보다는 '버블 세븐'*에 살라고 말하고 싶어. 또 목동이냐고. 그게 아니라 주거지역으로 조성된 '버블 세븐'에 살기 좋은 환경들이 다 갖춰졌다는 거지. 거기에 꼭 아파트만 있는 것도 아니고. 아파트로 돈을 번

---

* 2006년 정부가 부동산 가격에 거품이 끼었다고 지목한 일곱 개 지역으로 서울 강남 3구(강남, 서초, 송파)와 양천구 목동, 경기도 용인시 및 분당, 평촌 신도시를 말한다.

원주민들이 노후 대책으로 만든 오피스텔에서 살면 오히려 더 좋아. 나중에 집 뺄 때도 쉽게 나가고.

부동산에 열두 평짜리 집을 구한다고 하니 선유도에서는 옥탑방을 살아도 전세 1억 1000만 원이라고 하더라. 선유도역은 9호선 급행 이거밖에 없으면서. 마포는 말할 것도 없어. 거기는 괜찮은 이름난 오피스텔은 억대에 달할 정도로 비싸고. 쉐르빌이라니 무슨 팰리스라니, 거기 네가 쳐다볼 엄두도 못 낼 만큼 비싸고 비싸다.

아차차참. 오피스텔 법정 부동산 중개 수수료는 계약금의 0.9퍼센트야.* 하지만 이거 처음에 에누리해서 깎을 수 있어. 그런데 부동산 사장님들이 요새는 다른 부동산 사장님들이랑 같이 찾아주는 방식으로 해서 잘 깎아주려 하지 않아. "오피스텔 있어요?" 하고 물어보면 옆 부동산에 찾아가서 둘이 같이 수수료 나눠 먹는 형국이지. 아니면 '피터팬의 좋은 방 구하기'라는 네이버 부동산 카페나 직방 앱 통해서 다이렉트로 구하면 수수료 아낄 수 있지. 하지만 조심해. 여자 혼자 방 보러 다니지 말고. 워낙 세상이 흉흉하니.

---

* 2021년 현재 오피스텔은 전용 면적 85제곱미터 이하로 주거용 목적일 때 매매는 0.5퍼센트, 임대차는 0.4퍼센트고 85제곱미터 초과로 비주거용 목적일 때는 0.9퍼센트 이내에서 협의한다.

방을 처음 보고 좀 더럽더라도, 직접 꾸미면 되니까 네가 찾는 조건에 맞는지만 살펴봐. 그게 중요해. 독립한다고 차 살 생각하지 말고. 차를 사면 돈을 절대 못 모아. 유지비에 관리비에. 그러니까 첫째도 둘째도 교통 편리. 그거 잊지 말자. 통근 시간이 한 시간 줄면 그만큼 한 시간 놀 수 있잖아, 집에서.

홍대서 멋진 카페 가겠다. 그런 꿈은 버리고 사는 집을 북카페로 만들어. 왜 나가서 돈을 쓰니. 어렵사리 힘들게 나만의 도피처를 찾았는데. 원두 2만 원짜리 사서 드립 커피로 내려 마시면 커피 20잔은 넘게 나오거든. 수입 맥주 사다 마시면, 반의 반값이고. 담배 연기 없고 조용한 나만의 공간에서 혼자만의 고독을 즐기자고.

집 어떻게 꾸밀지 모르겠다고. 흠, 그건 나중에 따로 만나서 이야기해줄게. 글로는 설명하기 힘들다. 여하튼 어떠니? 살아 있는 노하우. 말 그대로 부동산 기사에도 잡지, 책에도 안 나오는 진짜 발품 팔아서 구한 나만의 노하우야. 커피 한 잔에 이런 이야기 들을 법하니 솔깃하지. 그런데 세상에 공짜는 없어. 내가 요런 살아 있는 이야기 해줬으니 이제 커피 한 잔만 사주라.

카페 폴바셋의 룽고 커피로. sk텔레콤 할인받지 않으면 아마 5100원일 거야. 비싸다고? 그렇지만 이런 따듯한 봄날에 커피 한 잔은 마셔야 하지 않겠니. 커피 한 잔이잖아. 아 참, 한약 먹는 나는 커피 마시면 안 된다 하더라고. 그러니 커피값으로 기부나 하자. 너의 이름으로 쌍용자동차 해고 노동자를 위한 치유 공간 센터인 '와락'*에 기부해줄래. 자동이체 지금 바로 되잖아.

너도 들었을 거야. 지난해 2014년 쌍용자동차 정리 해고 노동자들이 대법원 판결에서 졌다고.** 2000일의 투쟁이 그렇게 끝이 났다고 말이야. 그사이에 25명의 사람들이 희망을 잃고 자살을 했다는 이야기를 전하자는 게 아니야.

그저 쌍용자동차 노동자들의 아이들을 생각해. 엄마 혹은 아빠가 없을 아이들, 희망을 잃어버린 부모 밑에서 자라날

---

* 2009년 5월 22일부터 8월 6일까지 쌍용자동차의 일방적인 대규모 정리 해고 사태를 비판하기 위해 노조원들이 벌인 시위에서 경찰이 특공대 등을 투입해 노조원들을 과잉 진압해 피해자가 속출했다. '와락'은 이 사건으로 정신적 피해를 입은 노조원 및 그 가족들의 심리 치유를 돕는 시민 단체다.

** 2014년 2월 7일 서울고등법원은 쌍용자동차 해고 노동자 153명이 사측을 상대로 낸 해고무효확인 소송에서 "해고는 무효"라며 원고 승소 판결했다. 그러나 11월 13일 대법원이 원심을 깨고 쌍용차의 정리 해고가 정당했다고 판결해 논란이 일었다. 2018년 9월 21일 노사측의 합의로 해고자 119명이 전원 복직되기로 했으나 복직자 중 일부가 4대 보험에 가입하지 못하고 무급으로 일해야 하는 등 논란이 이어지고 있다.

아이들. 그 아이들이 받을 상처. 우리는 또 졌지만 아이들도 졌다고 느끼게 하지 말자.

와락 안아주지 못하겠지만, 커피 한 잔은 사줄 수 있잖니. 그것뿐이야. 세상엔 공짜가 없다는 거 잘 알잖아. 졌다고 포기하면 나중에 그 대가가 무엇일지 두렵다. 오락가락 봄 날씨에 마음까지 추워지지는 말자.

딱 커피 한 잔이야.

엄마보다 행복한 딸

고등학생 시절부터 꿈은 독립하는 것이었다. 아무도 모르는 동네에서 자유롭게 살고 싶다는 소망이었다. 인구 1만 명의 작은 동네에선 교회라는 커뮤니티를 통하면 모르는 사람이 없었다. 버스에서 지갑을 놓고 내려도 그다음 날 아침이면 종점 근처인 우리 집으로 돌아오는 동네였다. 내가 떠나고 나서야 편의점이, 파리바게트가 들어섰다. 2014년 9월 16일, 서른두 해 만에 독립을 했다. 동사무소에 가서 전입신고를 하고 나오는 기분은 그야말로 낯설었다. 경기도 '녀자'로 살아온 나는 정말 '서울여자사람'이 되었다. 서울특별시에 사는 1036만

9593명 중 한 명이 된 셈이다.

스무 살 이후 몇 번의 가출 시도가 있었다. 스물두 살, 고시원에 들어갔다. 취업 준비를 위해 집에서 두 시간 걸리는 통학 거리가 힘들다는 이유에서였다. 소설가 박민규의 《카스테라》가 그쯤 나왔지만, 고시원에 살던 나는 그런 정서를 느끼기 어려웠다. 지방 출신, 혹은 수도권 출신의 학생들이 사는 대학가 앞 고시원이었고 깨끗했다. 그러나 아빠가 처음으로 사준 노트북을 잃어버리고 난 뒤 나는 고시원이 싫어졌다. 더운 여름날 문을 열어놓고 잤다가, 술 취한 남자가 내 방에 들어오려고 했던 일도 빼놓을 수 없다. 그런 뒤로는 얇은 벽틈 뒤에 있는 다른 사람을 도통 믿을 수 없었다.

두 번째 독립생활은 밴쿠버로 떠난 어학연수에서였다. 홈스테이로 몇 개월 지내다가 스튜디오를 구했다. 멕시코 게이 커플이 살던 깨끗한 곳이었다. 밴쿠버의 다운타운에서 멀지 않았다. 집에서 도보 30분이면 잉글리시 해변이 있었다. 바로 앞엔 파라마운틴 극장이 있었다. 심지어 홈스테이보다 비용이 적게 들었다. 무엇보다도 오렌지색 벽이 맘에 들었다. 욕조도 빼놓을 수 없다. 운이 좋게도 괜찮은 집을 임대할 수 있었다. 그 커플이 고마웠다.

귀국해서 집으로 왔다. 한동안 우울했다. 그제서야 내가 사는 집이 보였다. 경기도 변두리의 작은 도시, 몇 평 안 되는 아파트. 내 방이야말로 고시원과 다를 것 없는 작은 방이었다. 그러니 고시원에서 내가 우울하지 않았던 것이다. 작은 창문, 침대와 책상이면 꽉 차는 방. 초등학생 때부터 대학생 때까지 나는 그 방에 있었다. 그래도 누나에게 방을 양보한 동생 덕에 그 정도의 호사를 누렸지만, 한국에 돌아오고 나서는 좁은 우물 같은 내 방이 싫어졌다.

'아지트를 만들어야겠다.' 이런 마음에 대학교 생활 내내 나만의 카페를 찾는 데 힘을 쏟았다. 텔레비전을 보다가도 괜찮은 카페가 나오면, 혼자 찾아가서 맘에 들면 점 찍어두었다. 인사동의 카페, 종로의 카페, 카페들을 마치 나의 아지트인 양 소개했다. 나만의 공간을 갖고 싶다는 마음에서 비롯되었을 것이다.

서른두 살, 발품을 판 끝에 오피스텔을 구했다. 엄마는 반대를 했다. 결혼하기 전까지 그냥 대충 살지, 결혼해서 남편이랑 돈 모아서 집 마련하면 된다는 게 엄마의 논리였다. 집을 산 것도 아니고 전세였지만, 엄마는 언제 결혼해서 시집갈래, 언제 애 낳을래, '언제' 시리즈로 공격했다. "내년에, 내후년에"라며 방어했다. 한동안 크고 작은 '언제' 시리즈의 내전은 이어졌다.

이사를 했다. 입사하고 돈 벌면서 사 모은 책들을, 꼬마 때부터 간직했던 피아노 악보, 옷가지들을 박스에 담았다. 책을 담으면 엄마가 빼내었다. "시집가는 사람처럼 본가에서 짐 빼지 마." 하나를 담으면 두 개를 빼는 엄마한테 나는 아무 말도 할 수 없었다. 그렇게 남겨두고 뒤를 돌아보지 않았다.

혼자 살아보니, 살림을 하면서 생각하는 것들이 부쩍 많아졌다. 나 한 사람이 살면서 얼마나 많은 것들을 쓰고 버리는지를 깨달았다. 음식물 쓰레기 봉지를 이틀에 한 번 꼴로 썼다. 이사 초기 인테리어 한다고 각종 택배를 이용하다가, 박스가 아까워서 별일이 없으면 직접 구매하는 방향으로 바꿨다. 책도 인터넷 배송보다는 '바로 드림'으로, 바로 읽고 싶은 그 마음 그대로 그 순간에 따르기로 했다. 설거지도 전용 세제를 쓰다가 베이킹파우더와 소금으로 바꿨다. 물론 거품이 없는 설거지는 여전히 익숙지 않다. 결국 고무장갑을 끼고 합성세제를 쓴다. 계면활성제가 가장 많이 흡수되는 게 손가락이라고 하기에.

무엇보다 혼자 끼니를 때우는 것이 어렵다. 압력 밥솥을 열어보면 하얀 곰팡이가 한가득 피어날 때가 대다수다. 욕심을 부려 밥을 많이 했다가 벌어진 참극이다. 살림을 규모 있게 하는 것. 내가 먹을 만큼 혹은 나눌 만큼 무엇을 만들어내는 것은 어려운 일이다. 그것을 매일 깨닫고 있다. 마음을 다잡고 스스로를 냉정하게 보고, 혼자 먹을 때도 큰 욕심을 부리지 않고, 정확한 양을 가늠하는 것. 밥의 물 양은 이제 제법 맞추는데, 맞춤한 한 그릇을 담기가 참으로 어렵다.

독립생활이 내게 가르쳐주는 것들은 살림하는 법이다. 쉽게 말하면 욕심 비우기다. 한 그릇을 온전히 담으려면 얼마나 많은 시행착오를 겪어야 할까. 공부하라고 설거지도 못하게 하는 엄마의 마음도 알아서, 어릴 때 나는 그 마음에 기댔다. 5남 1녀의 장녀로 태어난 엄마는 어릴 때 손에 물이 마를 날이 없었다고 한다. 일이 지겨워서 내게는 집안일을 시키지 않았다. '좀 더 일찍 집안일을 같이 했다면 나란 사람은 달리 자라지 않았을까'라며 살림과 일을 동시에 해낸 엄마를 다시 생각한다. 나는 엄마처럼 살 수 있을까. 아니 엄마보다 행복하게 살려면 어떻게 해야 할까. 그런 질문들이 꼬리에 꼬리를 문다. 그런 질문들을 할 수 있는 나만의 시간, 공간. 그 작은 아지트가 있어서 나는 좋다.

백수로 잘 사는 7가지 방법

《미디어스》에 칼럼을 쓴 뒤, 만나는 사람마다 물어봤다. 특히 주변의 20대에게 질문을 던졌다. "만약에 너희한테 조언해준다면 어떤 이야기를 듣고 싶어?" 긴 머리 대학생의 대답은 이랬다. "아무래도 취업이 안 되니까요, 어떤 곳에 취업을 하면 좋을까요. 내가 무슨 일을 해야 하는지 그걸 어떻게 알 수 있을까. 그런 거요." 곱슬머리 남자는 이렇게 말했다. "무슨 책을 읽으면 좋을까요. 글 잘 쓰는 법이요." 해사한 아이는 "시간을 낭비하지 않는 방법이요. 백수로 잘 지내는 법이요."

여러 가지 질문들이 뒤섞이면서 고민이 커졌다. 이 글은 취업을 앞둔 청년들에게 해주는 조언 같은 것인가, 아니면 고민 해결 상담소인가. 생각해보니 나 역시 놀고 있는 터라 취업에 큰 도움은 안 되겠다. 그리고 누군가의 고민이라니 내 인생의 고민도 해결하지 못한 마당에 누가 누구한테 조언을 할까. 살아보니 이렇더라. 내가 그때 이런 걸 알았더라면 한결 쉬울 수 있겠다. 그게 적합하다 싶겠다.

내가 얼마나 놀았나 되새겨보니 어학연수 1년을 다녀왔고, 4학년 1학기 때 3월 한 달 대학교를 다니다가 바로 휴학하고, 언론고시를 준비하면서 2007년 8월 졸업과 동시에 백수 신분으로 있다가 2010년 7월에 언론고시에 합격했으니 취업까지 무려 3년이 걸렸다.

기자 준비는 2006년 12월에 입반했으니 실로 따지면 3년 6개월에 1년 6개월, 5년이 걸렸다. 소설반 창작 수업에서 권여선 선생님이 당신은 32세에 장편 내고 40세에 두 번째 단편집 낼 때까지 노셨다고 했는데. 생각해보니 나도 만만치 않게 놀았다. 권여선 선생님이야 소설가로 등단했지만 나는 무려 내가 뭘 하고 싶은지 모른 채 1년 6개월을 보냈고, 기자가 하고 싶어도 번번이 낙방하면서 3년 6개월을 보낸 것이 지옥 같았다.

각설하고 백수로 잘 노는 법, 잘 사는 법에 대해서 알려주겠다.

일단 백수는 다이어리부터 마련하자. 먼저 두 개의 다이어리를 사라. 하나는 좀 큰 것으로, 하나는 휴대용으로 가지고 다닐 수 있는 작은 것으로. 큰 것에는 일주일 동안 무엇을 할지 적자. 오늘 해야 할 일을 중요도 순서대로 적자.

예를 들어 방 청소하기, 은행 다녀오기, 아르바이트 하기. 친구와 점심 먹기, 자소서 마감. 이렇게 하루 계획을 세우면 자연스레 일주일 계획이 세워진다. 그러면 뒤늦게 달력을 보면서, "앗, 자소서 마감 놓쳤는데." 이런 일은 없어진다.

다이어리를 통해 일주일 계획 세우기를 네 번 한다면 한 달 계획이 세워진다. 작은 다이어리에 일주일 계획을 다시 옮겨 적고, 목표만큼 이뤄졌는지를 다시 한 번 점검하면 된다. 물론 휴대폰 앱도 좋고, 구글 앱도 좋지만 앱은 연필을 쥐고 쓰는 동안 생각이 정리되는 시간을 가질 수는 없다. 다이어리를 두 개 쓰는 이유도 그래서다.

두 번째, 즐거운 일들로 스케줄을 채워 넣자. 스스로 스케줄을 만들면 된다. 자소서나 면접 등 주요 일정을 빼면 백수는 그야말로 시간 부자다. 책상 앞 '취업 뽀개기 스터디'에만 집착하지 말자. 인터넷이 있어서 세상은 넓고 공짜는 많다.

백수가 언제라도 볼 수 있는 조조 영화는 6000원이다.* 청년을 대상으로 한 무료 강연도 많다. 도서관에서 하는 인문학 강좌가 대표적이다. 가볼 만한 카페도 있다. 동네 도서관이 지겨우면 저 멀리 정독도서관을, 아니면 여행하는 느낌으로 인천 차이나타운에 있는 도서관에 가면 된다.

그런 의미에서 미술관은 최고다. 조용하고 사람이 없는데 심지어 예쁘기까지 하다. 밥도 커피도 맛있다. 늘 그렇듯이 손가락마저 마른 미술 평론가들은 미식가다.

국회도 알짜배기다. 각종 주제로 토론회를 연다. '강 살리기' '원전의 미래' '전통주의 미래' 등등 당신이 관심 갖고 일하고 싶은 모든 분야의 최고 전문가가 온다. 국회 강연을 듣고 가서 전문가의 명함도 받고, 그러면 1석 2조다. 아울러 국회도서관과 의원회관의 밥은 싸고 맛있다. 국회도서관에서 신간은 빌릴 수 없지만 온갖 책, 신문 다 있다. 심지어 컴퓨터, 복사, 출력 다 할 수 있다. 국회도서관이 장수생에게 '강추'받는 이유는 그래서다.

셋째, 백수로서 잘 버티려면 체력이 있어야 한다. 무조

* 2021년 CGV, 메가박스, 롯데시네마 등의 평일 조조 가격은 각각 9000원, 9000원, 1만 원이다.

건 하루에 운동 한 시간은 해야 한다. 한국 축구팀이 유럽 강호를 꺾을 때마다 언론에서 '정신력의 승리'를 운운하는데 그때마다 코웃음이 나온다. 축구 게임 전반 45분 후반 45분, 총 90분을 쉬지 않고 뛸 체력이 있어야 승리할 수 있다.

백수로서 오래 버티려면 운동해야 한다. 일상생활 속 운동을 추천한다. 걷기도 좋고 자전거도 좋다. 아니면 동네 스포츠 센터에 등록해서 수영이나 헬스도 좋다. 괜히 헬스장 다닌다면서 엄마아빠한테 손 벌리지 말고.

네 번째, 백수라도 늦게 일어나지는 말자. 하고 싶은 일에 나의 사이클을 맞춰야 한다. 김대중 전 대통령의 자서전을 보면 가택연금을 당하는 동안 매일 아침 의관 정제를 하고 집무실에 가서 공부를 했다고 한다. 그런 것처럼 아침에 일어나면 바로 샤워하고 나갈 채비를 갖춰야 한다.

그리고 생활 리듬을 만들자. 우리나라의 대부분의 일들은 예외적이지 않으면 오전 9시에 시작한다. 시험 준비 중인 백수나 회사에 취직하려는 백수라면, 일단 오전 9시에는 집중하는 라이프 스타일을 만들자. 시험이 시작하는 시간에 최장의 집중력을 유지할 수 있도록 만들자.

어른들이 장기 취업 준비생들을 꺼려하는 이유는 적이 없는 기간이 길어지면서, 게을러져 있을 것이라는 편견 때문이다. 일리 있는 말이다. 실제로 매일 오전 9시에 일어나던 나는 새벽 6시까지 출근해야 하는 석간신문사에 취직해 한두 달을 내리 아팠다. 몸이 갑자기 적응하려니 무리가 갔다.

늘 놀다가 갑자기 새벽 6시부터 오후 6시까지 회사에서 꼼짝 안 하려니 좀이 쑤셨다. 오후 3시쯤이면 곰 세 마리가 양어깨에 앉아 집에 가자고 나를 꼬셨다. 대학생의 열두 시간과 직장인의 열두 시간이 다르다. 물론 백수의 열두 시간도.

다섯 번째, 신문을 읽자. 경제 신문 한 개, 보수 신문 한 개, 진보 신문 한 개 정도. 물론 기자 지망생이라면 아침에 꼼꼼히 신문 대여섯 개는 읽으면서 같은 사안에 대한 논조 분석을 해야겠지만. 취업준비생이면 적어도 세상 돌아가는 건 알아야 시사 면접에 대비할 수 있다. 물론 공연 소식, 전시회 소식도 신문에서 얻을 수 있다.

여섯 번째, 뭐든지 기록하자. 당신이 회사원이 되든 연구원이 되든 로커가 되든 결국 글은 써야 한다. 제안서든 보고서든 가사든 결국 당신의 일상에서 아이디어를 얻게 될 것이다. 평상시 기록하는 습관이 당신의 미래를 어떻게 바꿀지 모른다. 드라마 작가나 예능 피디, 감독들 대부분도 잡지나 신문에서 아이디어를 얻는다는 사실을 잊지 말자.

일곱 번째, 책상에서만 공부한다는 마음을 버리자. 고등학생 시절까지 그렇게 살아왔지만 그런 공부 방법은 성인이 되었으면 버려도 된다. 어른들을 만나서 좋은 이야기를 듣고 세상 살아가는 이야기를 듣는 것 또한 공부다. 조선시대 유생들을 생각해봐라. 매일같이 깜지 쓰듯이 한자 외우고 상식을 외우지 않았다. 스승과 대화를 하며, 같이 책을 읽으며 모르는 구절에 대해 묻고 답했다.

《논어》와 같은 고전을 봐도 '공자에게 물었다'라고 글이 시작된다. 물론 글쟁이가 되고 싶은 이들은 글을 써야 한다. 아직 뭘 하고 싶은지 모르는 학생이라면 뭐가 되고 싶고 왜 되고 싶은지만을 생각하자. 잘 모르겠다면 현업에서 활동하는 전문가들에게 메일을 보내보자.

세상은 넓고 인터넷이 우리를 연결해주니 모르면 메일이나 카톡을 보내고 물어보자. 물론 다짜고짜 "저 아무것도 하고 싶은 게 없어요." 혹은 "오늘 뭐하고 놀아야 돼요?"라고 물어보지 말자. 그건 '아무 생각 없는 바보'라는 것을 스스로 증명하는 길이다.

그러니까 아직까지 자신을 누군가 밥상을 차려주고 떠먹여줘야 하는 어린아이라고 생각하면 아무도 당신을 도와주지 않는다. 설령 도와주는 사람이 있다면 그게 극성맞은 엄마나 아빠라면, 그건 당신을 망치는 길이다.

그러니 스스로의 힘으로 잘 놀고 잘 살자, 행복하게. 이 시간들이 당신의 자양분이 될 테니. 무작정 즐겁게 놀아서, 그래서 나중에도 죽을 때까지 즐겁게 살고 싶다고 생각하게 만드는 일들이 당신의 삶을 구원할 테니. 어디 회사를 취업하겠다는 목표를 세우면, 그것이 만약 이뤄지지 않는다면 당신이 불행해진다. 하지만 좋아하는 일을 내 직업으로 삼겠다는 마음은 당신을 행복하게 만들 수 있다. 그렇기 때문에 좋아하는 일, 즐거운 일을 찾는 것이 바로 백수 생활의 핵심이 되어야 한다.

놀아보자. 노는 게 어디 쇼핑하고 클럽에만 가는 거냐. 음악도 듣고 영화도 보고 미드도 보고 만화책도 보고 팬질도 게임도 하고 그러는 것이다. 그러니 두려워 말고, 놀아요. 신나게. 내일이 오지 않을 것처럼. 내일이 세상의 종말일 것처럼. 그런 일들이 당신의 다이어리에 가득 차 있기를 기원한다.

도망가자,
씩씩하게

10대 시절 나의 소원은 단 하나였다. "공부해라" 말을 그만 듣고 싶었다. 부모님은 내게 공부를 강요하지 않았다. 그러나 해가 갈수록 학년이 올라갈수록 선생님들의 잔소리는 늘어났다. 고등학교 3학년 시절 국어 선생님은 우리에게 이런 말을 했다. "인생에서 단 한 번이다. 단 한 번 최선을 다해봐라. 죽을 것 같이 공부한다면 세상에서 어려운 모든 일들은 이겨내지만, 올 한 해를 대충 보내면 앞으로 너의 인생이 힘들 것이다."

솔직히 말하자면 나는 공부를 싫어하지 않았다. 좋아하는 편이었다. 책을 읽고 질문을 하고 생각을 하는 과정들을 즐거워했다. 그러나 학교에서 가르치는 방식이 싫었다. 무조건 외우라고 하는 과정들이. 그렇지만 나는 힘이 없었다. 그러니 하라는 대로 할 수밖에 없었다. 수능을 보지 않을까 했지만 부모님이 반대해서 수능 보고 나서 수시로 대학교를 가게 되었다.

우리 집안에서 내가 처음으로 대학교를 간 사람이었다. 당연히 기대도 컸다. 그러나 그 기대를 어떻게 충족시켜야 하는지 몰랐다. 다만 불안했다. 국어 선생님의 말이 내 마음에 걸렸다. 스무 살 넘으면 세상에 모든 어려운 일들이 내게 몰려오는 것일까. 그랬다. 하나둘씩 몰려왔다.

첫 번째 문제는 통학 거리였다. 경기도 소도시에서 서울까지 가는 거리. 학교까지 중학생 때는 버스로 15분. 고등학생 때는 한 시간 거리에서, 학교까지는 버스 타고 지하철 타고 산 넘고 강을 건넜다. 집 대문을 열고 나가서 강의실에 도착하기까지 두 시간이 걸렸다. 학교에 도착하는 순간 이내 지쳤다.

두 번째는 공부가 재미없었다. 신문방송학과를 택했지만 학교 수업이 재미없었다. 전공이 내게 맞지 않는 것 같았다. 프로그램을 제작하거나, 광고를 만들거나, 기자가 되고 싶지 않았다.

세 번째는 친구. 고등학교 시절보다 대학교 시절 친구들이 어려웠다. 대학교에 와서 처음으로 다른 지역 친구들을 만났다는 기쁨도 잠시, 그들과 혹은 그들과 같이 수업을 들어야 한다는 것이 점차 힘들어지기 시작했다. 내가 하고 싶은, 듣고 싶은 수업들이 있었다. 그리고 왠지 모를 외로움도 느꼈다.

네 번째는 동아리. 고등학교 때부터 연극을 하겠노라 노래를 불렀건만, 정작 가입 신청 타이밍을 놓친 것이었다. 과에서 중앙동아리를 하는 사람들을 아웃사이더라고 규정하는 불문율 아닌 불문율이 있었기에 나도 모르게 중앙동아리에 가입하지 못했다. 1학년 2학기에 중앙동아리를 기웃거렸지만, 이미 중고교 시절에 다해본 터라 교지 편집은 하기 싫었고 학보사도 내키지 않았다. 그래서 전혀 해보지 않은 노래패에 가입했다. 4년 내내 몸에 맞지 않는 옷을 입은 기분이었다. 물론 여기다 등록금과 장학금, 집안 형편까지 더해지면 7차 함수는 풀어야 할 지경이었다.

지금 보면 별일 아닐 수 있다. 그러나 그때 스무 살 시절에는 벅찬 문제였다. 내게는 하루 24시간 밖에 없다. 일단 학교를 갔다 오기만 하면 네 시간이 허비된다. 잠은 일곱 시간은 자야 하는데, 나머지 시간에 그 문제들을 풀 수 있을까. 내가 하지 않아야 할 고민도 떠안았다. 실은 스무 살인 내가 진짜 하고 싶었던 것은 책을 읽고 토론하는 것, 지금까지 해보지 않은 일들을 해보는 것, 그리고 다른 사람을 만나보고 싶었던 것이다. 소심하고 고민 많고 다소 우울한 나와 다른 밝고 적극적인 사람들을, 그런 인생의 선배를 후배를 친구를 만나고 싶었다. 내 소원은 그런 것이었다.

지금 다시 스무 살로 돌아간다면, 나는 다른 소원을 품겠다. 나란 사람에 대해서 공부하는 시간을 갖겠다. 내가 '나란 사람은 어떤 사람일까, 그래서 이런 생각을 갖는 것일까' 하고 돌이켜보겠다. 친구들을 통해 나를 비춰보고, 내가 읽은 책의 이야기를 내게 적용해보고, 그렇게 조금씩, 조금씩 나를 알아가겠다. 그때는 그렇게 생각할 시간이 없었다. 지금에서야 드는 생각이다.

돌이켜보면 학창 시절 선생님은 왜 그런 이야기를 안 해주셨을까. 수능 점수 몇 점이 우리의 인생을 결정하지 않는다. 내가 간 학교가 나의 미래를 결정짓지 않는다. 물론 선택지를 좁힐 수는 있다. 그렇지만 결국 내 인생은 내가 선택하고 내가 만들어가는 것이다. 우리에겐 그저 "공부하라"는 말보다는 무엇에 대해 공부했는지 알려줬다면 더 좋았을 것이다.

육하원칙. 누가, 언제, 무엇을, 어디서, 어떻게, 왜 했는가. 신문방송학과 수업에 들어가면 가장 처음 배우는 원칙이다. 기사는 육하원칙에 따라 작성해야 한다. 주제문은 앞에 있어야 한다. 첫 문장만을 보고도 기사를 파악할 수 있어야 한다. 사람도 그렇다. 내가, 언제, 무엇을, 어디서, 어떻게, 왜 했는가. 나란 사람을 알기 위한 공부도 언제, 어떻게, 했는가.

공부하는 방법은 이렇다. 스무 살 시절에는 나를 아는 공부를 해야 한다. 내가 행복한 이유. 내가 무엇을 할 때 가장 행복한가, 누구와 있을 때 행복한가, 아니면 누구와 같이 있을 때 불행한가. 그 사람의 어떤 말이 나를 비참하고 화가 나게 만드는가. 그런 감정이 들면 나는 어떤 행동을 하게 되는가. 왜, 어떻게, 나는 이런 함수에 반응하는가. 그것에 대해 고민했다면 나는 조금 더 나은 인간이 되었을 것이다.

허둥지둥했다. 20대 내내 7차 함수를 풀기에 바빴다. 손 위에서 일곱 개의 오렌지를 던지는 사람처럼, 하나라도 놓칠까 봐 아등바등했다. 다 잘하고 싶었다. 엄마한테 좋은 딸, 남자친구한테 멋진 여자친구, 좋은 학점으로 졸업하는 졸업생. 그사이에 내가 진짜 하고 싶었던 것, 나는 희미해져갔다.

스무 살 때 나를 잘 알지 못했기에 30대가 된 후, 몸과 마음이 크게 아팠다. 20대 때는 시름시름 아팠다가, 30대의 어느 날, 많이 아팠다. 잠을 자지 못했고 먹지도 못했다. 원인을 몰랐다. 내가 아파서 사랑하는 사람들에게 짜증을 냈다.

짜증을 내는 것도 미안해서, 어느 날은 멀리 도망가야 한다고 생각했다. 사람에게서도 일터에서도. 그리고 그렇게 했다.

지난 7개월간 나를 돌이켜봤다. 나는 왜 이런 선택을 했을까. 무엇이 나를 그렇게 화나게 했을까. 나는 이런 선택에 대해서 왜 다른 사람과 상의하지 않았을까. 다른 대안은 없었을까. 만약에 이 일들이 내게 반복된다면 나는 또 이런 선택을 할 것인가. 내게만 이런 일들이 반복되는 이유는 무엇일까. 이런 생각을 가지면 사람들은 "쓸데없이 생각이 많다"고 한다. 하지만 아니다. 그런 고민들은 자기 연민이나 시간 낭비가 아니었다. 나도 모르는 나를 알아가는 과정이었다.

나를 아는 방법은 어렵지 않다. 일단은 대학교에 다닌다면 취업 센터에서 각종 심리 검사를 통해 배우는 것도 좋겠다. 등록금을 낸 김에 교양 수업 중 심리학 수업을 듣는 것도 좋겠다. 애니어그램 수업을 한 학기 동안 들었다. 타로 카드보다는 MBTI 검사가 더 좋다고 교육학 전공자들은 말했다.

여행도 좋다. 여행을 통해서 내가 모르는 나를 발견하는 순간들이 있다. 생각보다 적극적이고 생각보다 겁이 많은 나를 내가 만날 수 있다. 여행 중에 만난 타인들에게 솔직해지는 나를 발견하는 순간도 있다.

더 나아가 고전을 읽는 방법도 있다. 나는 주로 《논어》나

《도덕경》을, 지난겨울엔 《주역》을 읽었다. 최근에는 《운명 앞에서 주역을 읽다》라는 책을 읽으며 큰 위로를 받았다.

청년이든 어른이든 잠룡의 시기는 지옥에 떨어진 것 같은 시기다. 지옥에서는 어떻게 나와야 하는가. 지옥에서 나오려면 우선 지옥을 견디려는 정신이 있어야 한다. 지옥의 중압감에 몸과 마음이 치명적인 상처를 입어서는 안 되기 때문이다. 당신이 잠룡이라면 결코 지옥에서 벗어나지 못해 허우적거리거나 쓰나미에 휩쓸려가지 않을 것이다.
잠룡이란 용의 덕을 갖춘 사람이기 때문이다. 용의 덕은 원만한 자존감이다. 이 자존감이 지옥에서도 버티게 해준다. 자존감은 어디서 생기는가. 덕과 실력을 통해서다. 덕과 실력이 뒷받침 되지 않는 자존감은 자만심에 지나지 않는다. 자존감은 실력에서 나온다. 자존감의 또 다른 원천은 덕이다. 덕은 자기 바깥에 있지 않고 내면에 있는 충실감이다.

– 이상수, 《운명 앞에서 주역을 읽다》

신영복 선생님은 이렇게 말씀하셨다.

공부는 살아가는 것 그 자체입니다. 우리는 살아가기 위해서 공부해야 합니다. 세계는 내가 살아가는 터전이고 나 또한 세계 속의 존재이기 때문입니다. 공부란 세계와 나 자신에 대한 공부입니다. 자연, 사회, 역사를 알아야 하고 나 자신을 알아야 합니다. 공부란 인간과 세계에 대한 올바른 인식을 키우는 것입니다. 세계 인식과 자기 성찰이 공부입니다. 옛날엔 공부를 구도求道라고 했습니다. 그리고 구도에는 반드시 고행이 전제됩니다. 그 고행의 총화가 공부입니다. 공부는 고생 그 자체입니다. 고생하면 세상을 잘 알게 됩니다. 철도 듭니다. 이처럼 고행이 공부가 되기도 하고, 방황과 고뇌가 성찰과 각성이 되기도 합니다. 공부 아닌 것이 없고 공부하지 않는 생명은 없습니다. 달팽이도 공부합니다. 지난여름 폭풍 속에서 세찬 비바람 견디며 열심히 세계를 인식하고 자신을 깨달았을 것입니다. 공부는 모든 살아 있는 생명의 존재 형식입니다.

– 신영복, 《담론》

추신, 앞으로 연애 상담을 제외한 모든 것들에 대해 질문을 해주시면 좋겠습니다. '원룸 구하는 법' 등과 같은 사소하지만 궁금한 것이면 무엇이든지 물어보세요. – 저자주

누구나 얼룩은 있다

흔히들 말한다. "젊은 게, 어디가 아파?" "아프니까 청춘이다." 하지만 이것은 틀린 말이다. 젊기에 우리는 아플 수밖에 없다. 아직 무감각하지 않기 때문에, 모든 것을 받아들일 수 있기에 아플 수 있다.

중요한 것은 아프다는 사실이 아니다. "나는 왜 아픈가"가 중차대한 문제다. 돌이켜보면 스무 살 이후에 셀 수 없이 많이 아팠다. 왜 아픈지도 모르고 아팠던 나날이었다. 그저 몸이 약하겠거니 짐작했다. 몸만의 문제는 아니었다.

삶은 인간관계다. 인간관계는 모든 행복과 불행의 원인

이다. 그중 최악은 나와 피를 나눈 '가족'이 나를 아프게 하는 경우다. 직장 상사나 친구, 동료, 연인마저 나를 아프게 할 수 있다. 심지어 지나가는 사람마저 부딪힐 수 있다. 뒤늦게 깨달았다. 대부분의 '통증'은 사람에게서 비롯된다.

가슴의 밑동이 흔들릴 때, 혹은 울컥하고 짜증이 날 때, 이유 없이 화가 났을 때, 내가 숨기고 싶어 했던 어떤 '없음'의 순간들이 드러날 때였다. 쉽게 말해 콤플렉스였다. 때론 화가 났고, 때론 고통스러웠다.

통증을 무조건 숨겨야겠다고 생각했다. 그건 친구나 연인, 가족에게도 예외일 순 없었다. 스펙을 쌓기에도 부족한데, 태생적 결여를 가진 인간이라는 것을 들킬 수는 없었다. 내가 무엇을 갖고 있는지를 증명해야 하는 스펙의 사회에서 살고 있기 때문이다

문학평론가 신형철의 글이 어느 날 내게로 왔다. "우리가 무엇을 갖고 있지 않은지가 중요한 것이 사랑의 세계다." 망치로 머리를 한 대 얻어맞은 듯한 충격이었다. 그동안 나는 내게 없는 것을 보여주지 않으면서 그것을 채워줄 사람을 찾아왔다. 자기의 약함을 보여주지 않으면서 그걸 보완해줄 사람을 찾아왔다. 그렇기 때문에 끝내 관계는 언제나 파국을 맞았던 것이다.

결국 나의 20대를 이렇게 요약할 수 있을 것이다. "나의 '있음'을 증명하기 위해서, 나의 '없음'을 감추기 위해서 필사적으로 노력해왔다." 결코 채워지지 않았다. 그래서 20대의 끝은 허무했다. 서른 살 이후에 나는 여전히 허덕였다. '투병.' 병과 싸워서 이겨야 한다는 마음으로 살았던 20대는 그래서 피곤했다. 특히 괴물을 만날 때면.

사람을 만나는 직업을 가진 나는 종종 괴물을 마주쳤다. 양심이 없는 것은 둘째 치고 반성도 없다. 남한테 미안함마저 없고, 그저 자기 안위가 최고 우선인 사람들이 있다. 특히 앞뒤 논리 없이 그저 자기 자신만 편하면 제일이다.

무엇보다 오락 게임에선 '끝판왕' 괴물을 물리치면 한 단계가 클리어되지만, 현실 세계에서 하나의 괴물을 견뎌내면 더 업그레이드된 괴물이 나타나더라. 총량의 법칙대로였다. 그러나 그 괴물이 "왜 나를 아프게 하는가"에 대해서 생각해보지 않았다.

"왜 아픈가"라는 질문으로 회귀했다. 애초부터 처음부터 그 질문의 답을 찾았다면 달랐을 것이다. "왜 아픈가"에 대한 질문을 찾기 위해서 6개월의 시간이 지나갔다. 처음엔 여행을 가면 해답을 찾을까 했다. 여전히 떠나지 못했다. 대신 일상을 여행했다. 그렇게 돌고 돌아서 그 답을 찾은 후에,

한결 가벼워졌다.

아픈 사람들이 내 눈에 들어오기 시작했다. 나의 아픔에 견주어서 그의 아픔을 가늠해볼 여유가 생긴 것이다. 물론 고통은 개별적이고 구체적이다. 남의 손톱 부러진 것이 나의 발목 염증과 비교해서 더 아프다고 말할 수는 없다. 다만 어쩌면 "아프다"라는 그의 감정을 이해할 수 있다.

"누구나 얼룩은 있다." 김형경의 《사람 풍경》에 나오는 말이다. 내 말로 하면 "우리는 모두 다 마음이 아픈 사람이다." 다만 마음이 아프다는 것을 깨닫고 극복하고자 노력할 때 우리는 서로에게 '사람'이 된다. 하지만 그걸 알지 못하고 그냥 소리칠 때 당신은 내게 '괴물'이 된다. 나는 '괴물' 앞에서 한없이 두렵고 무서워 작아지지만, 그렇지만, 당신에게 여전히 '사람'으로 남을 것이다. '괴물'인 당신은 여전히 아픈 사람이지만, 나는 왜 아픈지를 아는 사람이기에.

오래 고통 받는 사람은 알 것이다
지는 해의 힘없는 햇빛 한 가닥에도
날카로운 풀잎이 땅에 처지는 것을

그 살에 묻히는 소리 없는 괴로움을

제 입술로 핥아주는 가녀린 풀입

오래 고통 사람은 알 것이다
그토록 피해 다녔던 치욕이 뻑뻑한,
뻑뻑한 사랑이었음을

소리 없이 돌아온 부끄러운 이들의 손을 잡고
맞대인 이마에서 이는 따스한 불,

오래 고통 받는 이여
네 가슴의 얼마간을 나는 덥힐 수 있으리라

- 이성복, 〈오래 고통받는 사람은〉

삶의
면역력을 키우자

살아오면서 다양한 수업을 받았다. 그중 잊히지 않는 수업이라면 초등학교에 들어가기 전 암산 학원을 다녔을 때, 미술 학원에서 처음으로 데생을 배울 때 등이다. 가장 기억에 남는 건 바로 피아노 수업이다. 하농, 바이엘, 체르니, 모차르트로 이어지는, 나의 가장 최초의 사교육.

물론 나는 '모차르트'를 결국 졸업하지 못했다. 중학교 1학년으로 올라가던 시절, 나는 피아노 학원 대신 종합 학원을 택했다. 당시에는 합리적 선택이었다. 전국 대회에 가서 상을 받는 아이들과 달리, 나는 단 한 번도 피아노 경연 대회에 나가지 않았다. 그저 학교를 마치고 매일 학원을 가는 수준이었다.

어느 날 학원 선생님이 내게 말했다. "이런 식으로 그만두면 나중에 후회할 거야. 다음 주에는 꼭 나와라. 그다음 주에요." 중학교 1학년생에게는 어쩌면 당연한 일이지만 선생님이 그렇게 말해도 나는 피아노 학원을 가지 않았다. 그래서 지금까지 나의 절친들도 내가 피아노를 8년이나 쳤다는 사실을 모를 정도다.

마음이 엉킬 때 나는 피아노를 떠올린다. "도대체 어떻게 하면 스트레스가 풀리니"라는 질문을 받으면 피아노를 치는 나를 상상한다. 누구에게나, 무슨 일이거나 첫마음이 있을 것이다. 갓 태어난 아이의 눈과 귀처럼 자신을 둘러싼 모든 것을 있는 그대로 받아들이는 시간이 있다. 바로 피아노를 치던 그때가 내게는 그런 마음이었다. 그런 마음이 내게는 평화였다.

그때로 돌아가고 싶어도 돌아갈 수는 없다. 손가락은 굳은 지 오래다. 샵이 몇 개고 플랫이 몇 개고 오선지만 봐도 머리가 아프다. 절대음감이나 상대음감이란 능력도 없다. 그럼에도 불구하고 백수 시절, 시험에서 떨어지면 나는 피아노를 찾았다. 누구 앞에서 연주하고 싶어서가 아니다. 그저 그 시절, 그 마음으로 돌아가고 싶었다. 아무런 걱정이 없던 시절로, 내가 무엇이든지 될 수 있다고 믿었던 시절로 말이다.

독립을 하고 나서 제일 먼저 산 것은 피아노였다. 내가 칠 수 있는 곡은 많지 않았다. 기본의 기본인 하농을 친다. 피아노 연주자들을 위한 연습곡 모음집이다. 왼손 약지부터 엄지까지 오른손 엄지부터 약지까지 골고루 움직일 수 있도록 쓰인 곡이다. 하농을 치고 있노라면 마음이 평화로워졌다.

20대 시절 실패와 실패가 나를 불렀을 때, 내가 깨달은 건 그런 것이었다. 만사 복잡하고 출구가 보이지 않아도, 내게 잠시라도 마음의 평온함을 주는 것은 열 손가락으로 치는 서툰 피아노였다.

피아노 외에 최근에 하나가 더 추가되었다. '자전거 타기'다. 한강을 달리고 있으면 이내 숨이 가쁘고, 땀이 흐른다. 종아리는 무거워지고 안장 위에 엉덩이도 아프다. 땀의 양에 비례하는 육체의 고통 때문에 아무 것도 생각할 겨를이 없다.

"나는 왜 이 모양이지." "왜 그런 말을 했을까." "왜 이렇게 내 뜻대로 되는 게 없지." "문장 하나도 써내려가지 못했어"라며 자책하는 말들이 마음을 떠돈다. 그런 마음들은 자전거를 타면서 가쁜 숨과 함께 빠져나가곤 한다. 자전거가 힘들다면 산책도 좋다. 산책하면서 이런 저런 생각을 정리하기도 한다.

대학생 시절 '교양학과'라는 별명이 붙을 정도로 내 전공 외의 다양한 수업을 들었다. 그중엔 '메이크업 하기,' '세계 음식 문화,' '비디오 예술,' 이런 수업도 있었다. 그렇지만 인생에서 돌부리에 걸려 넘어질 때, 어떤 것들이 우리를 평화롭게 하는지에 대한 수업은 없었다. 물론 지금의 학생들에겐 취업 위주의 커리큘럼이다보니 더 어려울 듯싶다.

삶의 면역력을 높이는 수업은 누구도 가르쳐주지 않는다. 스스로 발견해나가야 한다. 내게는 그게 어릴 적 배운 피아노였고, 이제 타기 시작한 자전거였다. 누군가에겐 요리거나 야구나 축구일 수도 있겠다. 어떤 것이든지 당신에게 평안을 줄 수 있는 것들을 찾아보자. 그게 취미나 특기라 불릴 수도 있다. 그 어떤 '딴짓'이라도 좋다. 꼭 잘할 필요는 없다. 당신이 하면서 마음이 평화로워지면 그걸로 충분하다.

그렇기 때문에 '딴짓'을 해봐야 한다. 쓸데없는 일, 소용없는 일, 그렇지만 당신을 미소 짓게 하는 일이 언젠가의 당신을 구원할 테니 말이다. 그런 일이 무엇인지 끊임없이 찾고 방황하길. 20대에 그 일을 빨리 찾을수록, 남은 당신의 인생은 보다 건강할 테니 말이다. 여전히 찾고 있어서 골골하는 나와 달리. 늦으면 늦을수록, 삶의 면역력을 찾는 수업료는 가혹하다.

사랑의 중력

남자가
관능적일 때

특별해지고 싶었다. 특별하지 않은 보통의 존재라는 사실을 여섯 살에 깨달았다. 피아노를 배운 지 2년, 여름방학 때 김제 친할머니 댁에 한 달, 영암 외할머니 댁에 한 달을 다녀오면 손가락이 다 굳었다. 다시 하농과 체르니 30번부터 연습해야만 했다. 그렇게 8년을 피아노를 쳤다. 하지만 죽마고우도 내가 피아노를 치는 모습은 본 적이 없다. 그런 식이었다. 달리기를 좋아했지만, 계주 선수로 뽑힐 수준은 아니었다. 운동 신경은 있는 편이지만 유연성은 없었다. 지극히 평범한 아이였다.

엄마 아빠가 맞벌이를 하던 초등학교 3학년 때까지 내 인생 최대 고민은 '어떻게 하면 특별해지는가'였다. 피아노도, 운동도 그럭저럭이었다. 미술도 학원을 다닌 지 한 달 만에 재능이 없다는 걸 알았다. 마지막 선택지는 책이었다. 전도사였던 엄마는 매달 종교 서적을 사들였고, 한량이었던 아빠는 로맨스소설과 역사소설을 읽었다. 그 옆에서 나도 책을 읽었다.

첫 독후감은 《노르트담의 꼽추》였다. 집시 여인 에스메랄다와 콰지모도의 사랑에 열병을 앓았다. 두 번째 독후감은 《심령 세계》였다. 사후 세계를 다룬 책이었다. 독실한 엄마 몰래 영매를 통해서 사후 세계를 갈 수 있지 않을까 생각하며 몰래몰래 읽었다.

어릴 적 기억에 아빠는 로맨스소설과 역사소설을 참 많이 읽었다. 그 여파인지 지금 난 그런 부류의 책은 쳐다보지도 않는다. 아빠가 읽다가 던져놓은 무라카미 하루키의 《상실의 시대》를 초등학교 6학년 때 읽었다. 엄청나게 야한 책으로 기억에 남았다. 그때 난 한창 추리소설에 빠졌다. 애거서 크리스티 시리즈와 괴도 뤼팽, 셜록 홈스 시리즈를 내내 읽었으니 말이다.

세계문학전집이 집에 없었다. 그래서 친구들 집에 가면

그렇게 좋았다. 세계문학전집을 빌려와서 읽고 또 읽었다. 한 번은 수업 시간에 책을 읽다가 울어서 엄마가 학교에 불려 왔다. 그게 엄마가 학교에 호출받은 처음이자 마지막 사건이었다. 당시 선생님이 나를 따끔하게 혼내더니만 학교 앞 도서 대여점에 돈을 넣어둘 테니 책을 맘껏 보라고 했다. 그런 선생님도 있었다. 그래서 중학교 1학년이 되기 전에 시오노 나나미의 《로마인 이야기》를 읽곤 했다.

고등학교 2학년 때는 포털 사이트 다음에 '책사랑'이라는 카페를 만들었다. 회원 수는 5000명까지 늘어났다. 그때는 베르나르 베르베르의 《개미》 3부작에 빠졌다. 특히 개미들이 보는 '붉은 공'이 사람들의 손가락이란 사실을 알았을 때 뒤통수를 맞은 듯했다. 내가 믿고 보는 하나님도 사실은 이런 존재가 아닐까. 그 뒤로 《타나토노트》, 《아버지들의 아버지》 일련의 베르나르 베르베르 책을 읽으면서 고민을 참 많이 했다.

대학교에 들어가선 도서관에서 살았다. 공강 시간에 도서관에 무조건 갔다. 서가를 돌아다니다가 책 표지가 예쁘면 골라서 읽었다. 그전에도 그렇고 지금도 그렇고 내게 책을 추천하는 사람은 없었다. 그렇게 만난 게 폴 오스터의 《달의 궁전》이었다. "인간이 달 위를 처음 걸었던 것은 그해 여름이었다"라고 시작하는 문장에 마음을 빼앗겼다. 그렇게 《리바이어던》 3부작을 읽었다. 한 작가가 좋으면 계속 그 작가의 책을 읽어나갔다. 그러다 은희경의 《새의 선물》, 전경린의 《열정의 습관》, 김훈 《밥벌이의 지겨움》을 만났다.

김연수보다는 김영하를 먼저 읽었다. 〈평범〉이란 글을 읽고 '내 사람이다' 싶었다.

> 처음 작가가 되기로 마음을 먹었을 때, 나를 가장 괴롭혔던 문제는 내가 지극히 평범한 존재라는 것이었다. 내가 아는 작가란 언덕배기에서 풀 뜯어먹고 있는 소 한 마리만 봐도 그 소의 전생과 후생, 그 모든 생의 업이 떠올라 눈물이 핑 도는, 또는 곡기를 끊은 채 술만으로 2박3일을 보낼 수 있는, 뭐 그런 괴이한 존재들이었다. 그들은 일반인과는 유전자부터가 다르며 살아온 환경도 결코 범속해서는 아니 되었다. 빨치산을 아버지로 두었거나 남의 집의 양자로 보내졌거나 하는 과거를 가진 건 기본이고 작품이 안 써지면 엽총으로 자기 머리를 쏴서 자살을 한다거나 하는 기행도 서슴지 않아야 하는 그런 종족들이었다.
>
> - 김영하, 《포스트잇》

김연수는 첫인상이 기억이 안 난다. 하지만 나는 그가 신간을 낼 때마다 서점에 들러 꼬박꼬박 사곤 한다. 특히 《네가 누구든 얼마나 외롭든》이나 《청춘의 문장들》은 종종 꺼내본다. 가끔은 '그가 성균관대 영문과라는 사실을 고등학교 때 알았다면 성균관대를 갔었을 텐데'라는 실없는 생각도 해본다.

외국 소설로는 《백년 동안의 고독》을 빼놓을 순 없다. 지독하게 덥던 여름날 이 책을 끼고 살았다. 남미의 무더위가 몰려올 것 같은 그런 밤들에 마르케스의 문장들이 노크를 했다.

> 새들도 잊어버렸고, 먼지와 무더위만이 숨이 막히도록 가득 찬 마콘도에서. 사랑의 고독과 고독한 사랑에 격리된 채, 불개미들이 들끓어서 잠도 잘 수 없는 집에 갇혀 있으면서도 아우렐리아노와 아마란타 우르슬라는 행복을 누렸고, 그들만이 이 세상에서 행복한 사람들이었다. 그렇게 사람들은 손아귀에서 빠져나가서 도망치려는 현실을 바둥거리면서 붙잡으려 했고, 그들의 기억을 지탱시켜야 할 단어들이 하나씩 둘씩 그들의 머리에서 사라져, 결국 그들은 글의 가치를 잊게 되었다.
>
> **- 가브리엘 가르시아 마르케스, 《백년 동안의 고독》**

아름다고 섬뜩한 문장들이었다.

무라카미 하루키도 빼놓을 수 없다. 그는 내 스무 살 시절의 감성 그 자체다. 하루키 책 중에서 가장 좋아하는 건《스푸트니크의 연인》,《먼 북소리》다. 하지만 가장 가슴 설렜던 건《이윽고 슬픈 외국어》에서다. 내가 인터뷰해보고 싶은 폴 오스터와 하루키가 만났다.

> 이야기 자체는 상당히 흥미롭지만, 가만히 듣고 있으면서 두 시간 정도 지나면 피로해져 신경이 이완되어 버린다. 신경이 이완되면 집중력이 저하되고 내가 하는 영어도 점점 나오지 않게 된다. 울트라맨은 아니지만 이른바 '배터리가 나간' 증상이다. 외국어로 대화해보신 분이라면 대개 이 '배터리가 나간' 증상을 경험하시지 않았을까.
>
> 하지만 어쨌든 폴 오스터와 만날 수 있었던 건 즐거웠다. 나는 전부터 오스터라는 사람은 상당히 뛰어난 악기 연주가가 아닐까 하고 멋대로 상상하고 있었기 때문에 그에게 그런 질문을 해보았다. "당신의 문장은 구조적으로나 시간적으로도 매우 음악적으로 느껴지고, 뛰어난 연주가 스타일을 연상하게 합니다만"이라고 하

자 그는 웃으며 고개를 저었다.

"나는 아쉽게도 악기를 연주할 줄 모릅니다. 가끔 집에 있는 피아노를 두들기기는 하지만요. 그러나 당신의 말은 아주 정확하다고 생각해요. 나는 소설을 쓸 때에는 언제나 악기를 연주하는 것, 음악을 만들어 내는 걸 생각하면서 쓰고 있거든요. 악기를 잘 연주할 수 있으면 좋겠다고 자주 생각합니다"라는 것이었다. 정확하게 맞히지는 못했지만 빗나가지도 않은 정도라고 해야 할까.

– 무라카미 하루키, 《이윽고 슬픈 외국어》

언론고시반에 들어가서는 책을 더 읽었다. 사회과학도였으나 그전까지 문학과 미술책을 탐닉했던 터라 뒤늦은 공부였다. 한 달에 15권씩 읽어치웠다. 그러던 어느 날 술자리에선가 "책 100권 읽는 것보다 한 권을 깊게 생각하는 게 낫다"라는 소리를 들었다. 그 말을 듣는 데 진짜 울컥했다. 울었던 것 같다. 그렇게 책을 많이 읽는데 언론사 필기는 계속 왜 떨어지느냐는 핀잔도 들었다. 나도 모르게 술잔을 집어던졌다. 당시 남자친구는 그랬다. "책 한 권 읽지 않아도 기자될 수 있어. 나를 봐. 나처럼 생각을 많이 해"

글쎄. 기자가 되고 싶어서 책을 읽었던 게 아니다. 수없이 말해도 설득할 수는 없었다. 특별해지고 싶어서 책을 읽었다. 지금도 책을 읽고 앞으로도 읽을 것이다. 그와는 3년을 만났고 헤어졌다.

끝도 보이지 않는 터널과 같은 백수 시절, 정원 언니를 만난 건 큰 축복이었다. 처음으로 책을 읽고 같이 밑줄을 긋는 사람을 만났다. 같은 책을 읽고 서로 다른 부분에 밑줄을 그으며 우리는 이야기를 나눴다.

책 읽는 남자와 만나고 싶다. 3년의 연애 끝에 소개팅 시장에 처음 나간 날 먹었던 마음가짐이었다. 그 말대로 얼굴이 해사한, 책과 공연을 좋아하는 친구를 만났다. 하지만 그는 김연수와 김훈을 모르는 대신 《이상문학상 단편집》을 모으는 친구였다. 통할 듯 통하지 않는 대화에 지쳤고, 그러다 서로의 갈 길을 갔다. 김연수를 좋아하는 사람을 만난 적도 있었다. 특히 《네가 누구든 얼마나 외롭든》을 읽고 있다는 그와는 책 이야기로 두 시간을 수다를 떨었다. 영화 보고 걷고 산책하고 술 마시고 이야기를 했다. 하지만 연인이 되진 못했다.

생각해보면 남자가 관능적이라고 느끼는 순간은 '폭풍 후진'을 할 때도 아니고, 주차를 완벽하게 할 때도 아니다. 하얀 와이셔츠 사이로 보이는 목덜미도 아니고, 운동하고 땀을 흘리는 모습도 아니다. 내가 모르는 책을 이야기하는 사람을 만날 때다. 백석 시인을 20대에 만났으면 자신의 인생이 더 욱 풍요로워졌을 거라고 말했던 그 사람, 그때 진짜 관능적이라고 느꼈다. 그때 알았다. 난 그렇게 한량 같은 아빠를 찾고 있었던 것이었다.

오르한 파묵의 말이 맞았다. "소설 읽기와 상상하기에 투자되는 노력의 이면에는 다른 사람들과 차별화되고 특별해지고 싶은 바람이 숨어 있습니다." 책을 읽다가 읽다 보면 나도 언젠가 특별해지겠지. 그러다 아빠 같은 한량도 만나겠지. 그러니 제발 제 연애사에 신경 쓰지 마시길. 언젠가 생기겠지요.

너를 원망하는
글이 아니라

너를 만나서 오늘의 내가 있었어.

고마워. 고맙다는 글이야.

한때 넌 내 우주의 중심이었어.

그만큼 멋진 사람이었어. 내게, 너는.

힘들면 전화해

너를 안으면 다시 인생을 사는 느낌이다.

네 눈빛 어두운 내 안의 우물을 비추고
네 눈길 스치는 것마다
향기로운 구절초를 드리우고
네 입술 내 뺨에 닿으면
와인 마시듯 조용히 취해간다

네 목소리 내 살아온 세월 뒤흔들고

생생한 기운 퍼트릴 때

고향집 담장 위를 달리던
푸른 도마뱀이 어른거리고
달큰한 사과 냄새, 앞마당 흰 백합,
소금처럼 흩날리는
흰 아카시아 꽃잎 눈이 멀도록 아름다워
아아아, 소리치며 아무 걱정 없던
추억의 시간이 돌아와 메아리친다.

– 신현림, 〈슬프고 외로우면 말해, 내가 웃겨줄게〉

시인은 시를 쓴다. 시인의 딸은 일기를 썼다. "엄마, 화나고 슬프고 외로우면 나에게 말해. 내가 도와줄게. 내가 웃겨줄게. 내가 얼마나 웃기는데." 시인은 딸의 일기를 보고 다시 시를 쓴다.

시집을 산 독자는 딸을 보고 쓴 시인의 시를 읽고 오늘 아침을 연다. 독자는 그리하여 오늘 아침 차가운 겨울 공기를 가르며 목덜미를 파고드는 추위와, 전날 깨지 않는 술 사이에서 갈지자를 걸으며 걷는 직장인에게 시를 전한다.

슬프고 외로우면 말해요, 내가 웃겨줄 테니. 전화해요.

힘들면 내가 들어줄 테니. 나는 시간 부자니. 나는 들을 귀가 있으니. 아니 때론 내가 너무 시끄럽게 종알거릴지 몰라요. 그렇지만 나도 한때 당신이 겪은 슬픔과 외로움을 품고 일하던 사람이니. 출근길의 서글픔을 아니까, 괜찮으니까 말해요.

그래도 괜찮잖아요. 오늘은 목요일. 오늘 아침만 버티면 내일은 금요일. 나는 늘 목요일 아침이 좋았어요. 목요일 아침만 견뎌내면 나는 산소 호흡기를 잠시 뗄 수 있을 것 같아서요. 그러니 오늘은 춥더라도, 점심만 지나면 괜찮을 거예요. 힘내요.

수많은 슬픈 일들이 당신을 괴롭힐지라도, 고등학생이 생각이 다르다며 황산 테러를 하고,* 버스기사가 칼로 뒷목을 찔려도 승객들이 침묵하고** 피자가 맛있다며 직원의 싸대기를 때리면서 경품 행사를 하는 기업이 있는*** 그런 나라에서

* 2014년 11월 10일 전북 익산시에서 열린 통일 토크 콘서트에서 한 고등학생이 진행자인 재미교포 신은미 씨와 황선 전 민주노동당 부대변인에게 폭발물과 염산 등으로 가해하려던 사건이다.

** 2014년 12월 8일 버스 기사와 언쟁을 벌이던 승객이 칼로 버스 기사의 뒷목을 찌른 사건이다.

*** 2014년 12월 8일 유명 수제 피자 프랜차이즈점인 피자알볼로가 진행한 경품 진행 행사에서 직원의 빰을 때리는 영상을 유머 콘텐츠로 자사의 페이스북 페이지에 올려 논란이 일었다.

오늘 하루 버티지만.

그래도 그래도 오늘은 목요일. 슬프고 괴로우면 내게 말해요. 당신을 웃겨줄게요. 부족한 나는 시를 못 쓰니까. 할 수 있는 건 좋은 시를 읽어주는 일.

구 남친들에게

저의 하찮은 연애에 함께해준 구 남친들에게 이 자리를 빌려 심심한 사과를 드립니다. 앞으로 글에 네가 자주 등장할 테니 앞서서 사과하겠습니다. 글 쓰는 여자랑 연애를 하지 말지 그랬어. 미안.

사랑이 무서워서
우는 너에게

다시 이별을 했다, 우리는. 다시 밤이 찾아왔고, 나는 무섭지만 버텨내겠다고 했다. 그러니 걱정 말라고. 나는 포기하지 않을 거야. 그러니 괜찮아. 그리고 아마도 나는 다른 사람을 좋아하는 것 같다고. 그는 내게 흥미를 잃은 것 같다고. 하지만 그래도 괜찮아. 기차는 7시에 떠났지만 괜찮아. 반쯤은 진실이고 거짓인, 나도 진실과 거짓을 알 수 없는 이야기를 늘어놓고.

너는 내가 태어나서 처음으로 사랑한다고 말한 사람이야, 사랑해서 벅차서 나는 무서웠어. 태어나서 처음으로 나는 두려움을 너에게 털어놓았어. 내가 무엇이 없는지를, 무엇이 없어서 그렇게 도망치고 싶었는지를. 너에게 서른두 해의 고해성사를 다했어. 내 죄를 회개해달라고. 내 비밀 상자를 다 너에게 열어보였어. 아빠도 엄마도 나도 회사도.

하지만 내 말들은 네게 닿지 않았다. 너는 듣지 않았어. 끊겠다는 담배를 너는 다시 폈어. 담배를 끊지 않아도 된다고 말했어. 다만 나는 약해서 담배 냄새를 눈으로 맡는다고. 그러자 너는 금연을 선언했지. 연애 초기 금연을 한다면서 내게 온갖 신경질을 내던 너는, 너의 신경질에 내가 아파서 우는 모습을 여러 번 보았으면서도 너무나 쉽게 담배를 다시 폈어. 내 마음이 쨍그랑 쨍그랑 소리를 내며 깨지고, 내 마음의 벽돌이 하나둘 다시 쌓였어. 너를 밀어내었어.

사랑한다고 말하던 날에 나는 울었어. 무서워서. 나는 너를 만나려고 아팠었나 봐. 잠든 너의 얼굴을 보며 생각했어. '네가 나를 버리고 간다면 나는 다시 일어날 수 있을까.' 내 사람들에게 너를 소개시켜주었어. '나의 남자'라고, 나는 너를 불렀어. 하지만 닿지 않은 말들 사이에서 너를 먼저 떠났어. 나는 노력할 자신이 없었어. 더 이상 온 힘을 다해. 너의 외로운 등을 안아줄 자신이 없었어. 버림받기 싫었어. 차라리 내가 떠날래.

이제서야 너는 나를 새끼 고양이마냥 안쓰러워서, 자꾸만 놓지 못해서. 밤이면 아프다고 우는 내게 다시 왔어. 한달음에 뛰어 달려왔어. 파스를 들고, 아파서 밤새 우는 나를 안아주었어. 그렇지만 떨리지가 않았어. 너의 체취를 나는 맡을 수가 없었어. 한때 미칠 것 같은 달콤함들이 사라졌어. 너의 느릿한 말투를, 하얀 피부를, 손가락들을 들어도 보아도 설레지 않더라.

사랑해줘서 고마워, 용기를 줘서 고마워. 처음으로 글을 쓰는 날엔 너와 또다시 이별을 했어. 우리 이제 진짜로 안녕. 지금도 무섭지만 나는 너한테 안녕이라고 말해. "겁을 내지 않을게. 두려워하지 않을게, 살아낼게"라며, 그러니 나를 떠나렴. 낮엔 네 생각이 안 나. 밤이면 네가 생각나.

"알고 있었어." 그는 말했다. "알고 있지만 알아도 되지 않는 이야기들은 하지 않아도 돼"라고도 했지만. 나는 또 말했어. 있잖아. 너는 내가 태어나서 처음으로 사랑한다고 말한 남자니까, 좋은 여자 만날 거야. 나는 몸도 마음도 아파서 옆에 있으면 같이 있는 사람을 불행하게 만드니까. 내가 건강해질 때까지는 나 홀로 설게. 혼자 있을게. 너는 행복하게 살아. 진짜로 안녕. 이제 서로 전화번호를 지우자. 그래 진짜로 안녕. 고마웠어, 미안했어. 사랑했어.

과거형의 어미들이 서로의 휴대폰을 넘나들었다. 이별을 하고 난 뒤 나는 다시 비관주의자로 돌아왔다. 목에 고약을 바르고, 곰돌이 인형에 안겨서 이동진의 라디오를 들으며, 꿀물을 호로록 마시며, 어서 아침이 밝기를 기다린다. '조조 영화를 봐야지. 점심은 동갑내기 아가씨와 데이트를 해야지. 그녀에겐 스페인 홍차를 드려야지'라며. '이별한 다음 날은 일분일초 단위로 살아야지'라며 다짐했다. '내일 아르바이트를 해서 다행이야'라고 생각한다.

소설을 고치고, 다시 고쳐서 다음 주에 선생님한테 보여드려야지. 다음 주의 약속들을 저녁들을 한가로운 저녁을 다시 채워야지. 빈틈없이. 나는 하루하루 나아질 것이다. "그가 없는 시간들은 익숙해질 것이며 고통스런 밤은 충만한 낮을 기다리는 기다림의 시간이 될 거야"라고 스스로에게 말해주었다. 그래, 구정이 오기 전까지는 아직 2014년. 나는 그에게 이별을 고했다, 또다시. 친구는 도대체 몇 번째 이별이냐고 물었지만, 우리는 실은 헤어지는 중이었어. 오늘도, 내일도. 내일모레도.

좁아,
들어오지 마, 딸

가장 좋아하는 미국 드라마를 꼽으라면, 세상에서 가장 어려운 질문이다. 20대에 미국 드라마와 사랑에 빠졌다. 세상이 "너는 앞으로 무슨 일을 할래"라고 물어보며 자꾸 주먹질을 하길래, 캐나다로 도망갔다. 밴쿠버에서 세 달을 지내는 동안 "편협하다"라는 말을 잊어버려서 눈물이 날 때. 밴쿠버 공립 도서관에 손만 펼치면 박경리의 《토지》가 있다는 사실을 잘 알면서도 읽지 못하고, 그러니까 주변에 늘 한국 사람들이 가득하지만 언어는 고등학생 수준으로 퇴화하고, 영어는 일곱 살 어린애보다 못하던 날들이었다.

그날들에 나를 구원한 것은 〈스맥다운〉*과 미국 드라마였다. 실은 〈스맥다운〉은 대학교 3학년 시절 고시원에 살 때 빠져들었다. 무엇보다도 레슬링 선수 에디 게레로의 흉겨움이 좋았다. 〈스맥다운〉을 봐야 한다고 매주 수요일엔 집에 일찍 돌아갔다. 물론 화요일엔 〈로〉**를 봐야 한다며 일찍 귀가했다. 그때 '우리 〈스맥다운〉이 알버타라도 오면 차를 끌고 가서 보자'라며 아는 오빠랑 의기투합했거늘. 이상하게도 내가 캐나다 밴쿠버에 오니 〈스맥다운〉과 〈로〉가 서울로 방한했다.

에디 게레로가 약물 중독으로 죽고 난 뒤로는 레슬링에 미련이 없어졌다. 대신 미국 드라마와 각종 리얼리티 쇼는 내내 곁에 있었다. 밴쿠버에서 학원을 같이 다닌 한국인 언니, 오빠, 동생 들이 차례로 귀국하면서 심한 허탈감에 빠졌을 때 집에서 멍하니 미국 드라마를 보았다. 리얼리티 쇼를 다 챙겨보았다. 자막을 읽었다. 혼자 중얼중얼 따라 외기도 했다. 나는 문법이 약했지만 학원을 다니지 않고 도서관에서 홀

---

* 1999년 4월 29일 시작된 미국의 프로레슬링 텔레비전 쇼로 한국에는 2001년부터 방송되었다.

** 2008년 9월 8일부터 2013년 2월 10일까지 방송된 아일랜드의 텔레비전 드라마. 레스토랑 직원들의 사랑과 갈등을 다뤘다.

로 《그래머 인 유즈》로 공부했다. 물론 손만 뻗으면 박경리의 《토지》가 코앞에 있다는 걸 알았지만.

비즈니스 코스를 들을까. 원래 계획대로라면 토론토로 갔어야 했다. 하지만 저널리즘 코스를 듣겠다며 밴쿠버에 남았다. 토론토에 갔다면 내 인생은 어찌 달라졌을까, 알 수 없는 일이다. 처음으로 독립을 했다. 멕시칸 게이 커플이 살던 스튜디오에서 살았다. 거기서 매일 친구들을 초대해서 요리를 하고 놀았다. 인생 최고의 몸무게를 찍던 날들. 엄마한테 요리책을 보내달라고 해서 받은 게 《나물이네 요리책》이다. 실은 나는 엠티만 가면 요리왕이었다. 밥 짓고 부대찌개 끓이고, 삼겹살 굽고 해장 라면을 끓였다.

한국에 돌아온 내게 엄마는 청바지가 터질 지경이라면서 내가 단 한 벌의 청바지로 버텼다는 사실보다 딸이 이렇게 돼지가 되어서 돌아왔다는 사실에 기겁했다. "아니 살이 쪄서 살이 터지다니, 너는 도대체 벼슬이야, 뭐야"라며 구박했다. 개밥그릇보다 더 작은 간장종지에 밥을 담아 주었다. 아빠는 뭐 내가 45킬로그램을 찍어도 돼지라고 구박한 사람이니, 더 심했다. 결국 엄마 아빠 표 잔소리에 힘입어 다시 40킬로그램대로 진입했다.

엄마는 어려서부터 내가 주방에 들어오지 못하게 했다.

"좁아, 들어오지 마, 딸." 비좁은 집안 구석이라 주방에 두 명이 서 있을 수 없었다. 물론 그 말 안에 "너는 나처럼 살지 마"라는 말이 담겨 있었다. 엄마는 2남 3녀의 장녀였다. 호남평야에서 농사를 짓는 농사꾼의 맏딸이었다. 어린 시절부터 손에 물이 마를 날이 없었다. 첫째 동생을 업고 밥을 짓고, 둘째 동생을 업고 방바닥을 닦고, 셋째 동생을 업고 나무를 하러 다니고. 막내가 태어날 때에야 허리를 폈다고 한다. 엄마는 일을 하도 많이 해서 부지런했다. 당신의 몸에 밴 부지런함이 싫어서 나한테는 조금 게으르게 살라고 했다. 간만 보라고 했다. 요리 따위는 하지 말라고, 설거지도 하지 말라고 했다. 설거지는 아빠가 했다. 빨래도 개지 않았다. 아빠가 빨래를 널고 개니까.

서른, 내가 방을 구해서 나왔을 때 냉장고에는 미숫가루와 물밖에 없었다. 집에는 책이 늘어가고, 와인 병이 쌓이고 옷이 쌓였지만 단 한 번도 전자레인지를 켜보지 않았다. 그때 만나던 남자친구가 나보고 요리를 해보라고 했을 때, 내 대답은 이랬다. "나 집에서 손끝에 물 한 방울 안 묻히고 자란 귀한 딸이야." 그 남자가 자기 양말을 갤 수 있겠냐고 물어보았을 때, "왜"라는 말이 자동으로 튀어나왔고. 예상대로 그 사람과는 오래가지 못했다.

서른둘 가을. 어디 가서 나의 아지트라고 부를 만한 곳으로 이사를 했다. 방이 아닌 집으로. 이사할 때 난관이 많았다. 퇴사가 코앞이었다. 엄마는 반대했다. "결혼을 언제 하려고 그래." 이사한 곳이 구 남친의 집과 너무 가까운 것도 고민이었다. 우리 언젠가 헤어져도 괜찮을까. 앞날을 알 수 없던 나는 일단 도망치고 싶었다. 그 방에서, 누워서 창밖으로 고작 달밖에 보이지 않는 그 방에서. 어두운 기억들은 거기에 두고 몸만 빠져나오고 싶었다.

이곳에 와서 요리를 한다. 순순히 즐거워서. 나의 사람들을 불러서 초대하고, 그들이 맛있게 먹는 모습이 나를 행복하게 한다. 시키지 않아도 정리를 하고. 누군가를 초대하려면 그만큼 나에게 자신이 있어야 한다. 집이 깨끗해야 하며, 정리정돈이 되어 있어야 한다. 남들의 비평에 흔들리지 않아야 한다. 대충 정리된 듯한 모습도 내 모습이라며 받아칠 수 있어야 한다. 실은 나에 대해서 정리되었기 때문에, 나에 대해 말도 하고, 글을 쓸 수도 있다. 그런 것처럼 누군가를 집에 초대하려면, 나의 라이프 스타일이 갖춰져 있어야 한다는 뜻이다.

미국 드라마 〈닥터 하우스〉에서 하우스가 미친 듯이 요리에 빠지는 에피소드가 있다. 그게 이해가 되지 않은 적이 있다. 하우스는 자기가 한 요리를 먹지 않고, 남에게 대접을 한다. 낮도 밤도 잊은 채 미친 듯이 요리를 한다. 그러나 이제는 안다. 어떤 고통이 끊임없이 이어지면 그것을 잊기 위해서 일들을 찾기 시작한다. 그런 일들을 하기 시작한다. 할 수 있다고 되뇐다. 나를 행복하게 하는 일들이 어떤 고통을 잠시 멈추게 할 수 있다. 내가 발견한 게 요리다. 창의적이며 자유롭다. 무언가를 만들어낸다는 성취감 또한 높다. 아울러 나 혼자만이 아니라 맛있게 먹어주는 상대가 있을 때 같이 행복을 느낄 수 있다.

요리는 그러니까 여자라서 해야 하는 일이 아니라. 결혼 적령기의 미혼이고 독거노인이라서 해야 할 일들이 아니라, 한 인간으로서 무언가를 성취하는 과정에서 얻을 수 있는 최상의 작업 중 하나다. 글쓰기도 그렇지만 요리도 매력적이다. 하우스가 겪은 고통만큼은 아니지만 나 역시 고통으로 인한 불면증에 시달리고 비참하고 고통스런 이 상황을 견뎌내는 방법들을 찾아가는 중이다. 마르케스의 말을 믿어볼 테다. "행복으로 고치지 못한 병엔 어떤 약도 듣지 않습니다." 내가 사랑하는 그레고리 하우스 박사처럼.

여행 가고 싶어요

일주일, 따듯한 나라 추천해주세요.

오늘 밤, 꿈이라도 꾸게요.

나는 나를
구원할 권리가 있다

30분째였다. 연남파출소를 기점으로 대원아파트를, 마포최대포를, 송원감자탕을 돌고 더 나아가 연남살롱까지 동그라미 원을 그리며 돌았다.

얇은 부츠 사이로 바닥이 느껴졌다. 발바닥이 아파오고 뒷골이 땡겼다. 하루 종일 숙취로 멍한 머리가 저녁 술자리에 맞춰 개었다. 스마트폰이 띵똥, '선배 오타 가요.' '좋은데 오타 가요.' 나는 또 그 알림을 '죄송한데요. 불금인데여. 또 제가 맞춤법을.'

그러나 나는 구름 사이를 거니는 듯, 이런 게 마약하는 기분인가 봐. 밴쿠버에서 늘 내게 "Do you want some?"이라며 묻던 라티노 손에 들려 있던 대마초를. 때론 파티에 가면 매캐한 식물 타는 냄새인가 하고. 기사와는 또 달라. 온몸에 엔도르핀이 돌았다. 살아 있다고 느꼈다.

안씨네를 세 번인가 지나쳤다. 선배는 내가 헤드폰 끼고 줄래줄래 걸어가는 걸 보았다고 했다. 발터 벤야민처럼, 나는 길치인가 봐 하다가도 찰리 채플린처럼 탭댄스를 추고 싶은 기분이야.

94학번 선배, 96학번 선배가 자리에 앉아 있었다. 키가 껑충 큰 선배는 내게 "말의 속도가 240킬로미터가 되는 것 같아. 내가 만나본 사람들 중에 가장 빠른 것 같아" 했다. 나는 오늘 하루 종일 랩을 했다.

점심에 만난 선배는 우리 착한 승미가 분노의 래퍼가 됐다고 했다. 눈웃음이 서글서글한 손해보험사정사는 입원을 했다면 보험금 5000만 원 이내를 받을 것이지만 그렇지 않아서 받지 못할 것 같다고 했다. 알아요. 저도 알지만 저는 그저 "이러면 안 되는 거 아니지 않나요. 설명 고시 의무를 제대로 해야죠"라고 그저 "아닌 건 아니지 않냐"라고 말하고 싶어요.

"멋지게 늙고 싶어요"라고 말했다. 내 소원은 엄마 아빠보다 행복하고 멋지게 즐겁게 살다가 죽는 거예요. 많이 웃으면 나처럼 될 수 있다고 했다. 늙는다는 건 어쩌면 부럽고 부러운 일이다.

하이High에요. 오늘 실은. 어제 권여선 선생님의 칭찬부터 실은 오늘의 글까지, 나는 뽕 맞은 기분이었다. 말에 리듬이, 걸음에 리듬이 저절로 생겨났다. 굉장히, 많이, 저는, 나는, 그래요. 부사가 없는 문장을 좋아하는 나는 대화에 여백 없이 말들을 쏟아냈다. 안다. 이런 대화는 결코 닿지 않는다. 말은 그에게 닿기도 전에 시들어버린다. 어쩌면 오늘은 벽이 필요한 거였다.

세월호부터 기자, 기독교인, 연애, 백수. 나란 사람은 나다. 나를 구성하는 것들을 하나하나 늘어놓았다. 그 부속품들은 도미노처럼 연결되어 있다. 하나가 막히면 다른 하나들은 쓰러진다. 글은 그 하나고 말은 또 다른 하나일 뿐이다.

나를 구원하려 들지 말아요, 나는 내가 구원할 거예요. 선배의 말을 끊고 리듬에 문장에 진심을 싣는다. 걱정하지 말아요. 나는 잘 살 거예요. 잘 살고 있어요. 나는 악하지 않아요. 그저 유전자가 나쁠 뿐. 내 우주는 흑백이 아니라 총천연색일 뿐. 그 속도는 다소 빠르고, 짜임새는 성기고 거칠 뿐.

"밥은 먹고 다녀라." 선배의 진심은 따듯하지만 그 기저엔 나를 돕고 싶고 구원하고 싶은 마음의 꼬랑지가 엿보였다.

안다. 나를 불쌍하게 보는, 비 맞은 새끼 고양이같이 보는 그 눈초리를.

그래서 마초 소리를 들었나 보다. 나는 센언니가 되었다, 어느새. 하지만 나는 늘 어릴 때부터 구원을 찾아다녔다. 왜 나의 하나님은 왜 내게 이런 시련을 주셨나. 고통은 내게 끝이 나지 않을까. 죽음은 늘 내 삶의 언저리에서 내게 손짓할까. 엄마는 내가 '하나님을 잘 믿지 않고 교만해서'라고 했지만 난 영어 성경을 읽는 아이이다. 마음이 답답하면 책은 엄마아빠, 하나님 그 모든 것을 피해 도망하는 도피처였다.

왜 사냐고 물었다. 그는 답했다. "즐거우려고." 그는 비행기를 탔을까. 뱅쇼 한 잔에 그가 궁금했다. 낯선 도시에서 내게 엽서를 쓰겠다고 한 약속을 지킬까. 답은 알고 있다. 엽서는 오지 않을 것이다.

나를 구원하는 건 그가 아니다. 글도 말도 아니다. 나를 구원하는 건 나다. 오늘처럼 내일도 살아가는 힘. 고통의 밤을 하루하루 버티는 힘. 언젠가 그러다 보면 그를 찾으리라. 나의 유일하고도 절대적인 그를. 그를 만나기 위해 서른세 해를 헤매는 건, 그러니 괜찮다.

사람의
있을 곳이란

누군가의 가슴속밖에 없는 것이란다.

- 에쿠니 가오리, 《냉정과 열정 사이》

그럼 난 어디에 있어야 하나요?

이 행성에는 부디 슬픔이 없기를

그 애의 책임이 아니었다

중학교 때 Y란 친구가 있었다. 중3 때 반에서 1등부터 7등까지 몰려다녔다. 호기심이 많은 소녀들은 학력고사를 보고 서로의 집에 놀러가서 수많은 이야기를 나눴다. "우주는 어떻게 태어났을까"부터 "스무 살이 되면 무엇을 할 것인가"까지. 다른 애들은 시시했다. 우리는 궁금한 것도 하고 싶은 것도 참 많았다. 그중에서 Y가 가장 욕심이 많았다.

어찌하다 나는 부천으로 학교를 갔고, Y는 시흥에 남았다. 이상하다고 생각했다. 가장 욕심 많은 아이가 그대로 남다니. 그 애는 고등학교 3년 내내 나에게 단 한 번도 연락하지 않았다. 우리는 스무 살이 되어서야 다시 만났다. 재수를 한다고 했다. SKY를 가고 싶다고. 지금 선택한 대학교는 서울에서 그저 시시한 학교이지 않느냐고. 내가 말했다. "그런 거 신경 쓰지 말아. 그건 사람들의 등수일 뿐이야."

"너는 모른다. 아무것도 모른다"고 했다. 삼류의 세상이 어떤지 부천에서 가장 좋은 학교를 가는 네가 아는 게 하나도 없다고 했다. 뒤에 앉은 친구는 전날 모텔에서 남자친구와 남자친구 친구들과 잔 이야기를 하고, 옆에 앉은 친구는 왕따한테 삥을 뜯고, 앞에 있는 아이는 그저 연예인한테 팬레터만 쓰고 있다고. 아침이면 어디선가 술 냄새가 나는 교실의 풍경을. 그런 곳에서 3년을 버틴다는 것은 감옥에 간 것과 마찬가지라고 했다. 그러니 다시 삼류의 삶을 살지 않겠다고.

그럼 왜 부천으로 가지 않았냐고 물었다. 가고 싶어도 갈 수가 없었다고 했다. 그 애한테는 자폐증이 있는 동생이 있었다. 우리에게 단 한 번도 이야기 하지 않은 동생. 그 애를 돌봐줄 사람이 없어서, 자기가 있어야 했다고. 누나니까. 그 고등학교는 그 애 집에서 멀지 않았다.

부모님이 그 애의 진학을 만류했다고 했다. "동생을 줄로 묶어서 방 안에 둘 순 없잖니"라며. 동생의 병원비를 벌어야 하니까 두 분 다 밤낮으로 장사를 하셨다. 집 앞에서 15미터 거리엔 8차선 도로가 있었다. 동생을 혼자 놔둘 순 없었다. 특수학교를 가도 오후면 돌봐줄 사람이 없었다.

그 애는 내게 다시 연락하지 않았다. 재수가 성공했다면, 소위 SKY에 갔다면 그 애가 먼저 연락을 했을 것이다. 하지만 나 역시 그 애를 찾지 않았다. 그게 예의라고 생각했다. 다만 어디서라도 나는 그 애가 행복했으면 좋겠다고 기도했다.

동생을 돌보는 건 그 애의 책임이 아니었다. 잘 자라는 줄 알았는데 동생이 어느 날 갑자기 고열을 앓았다. 그 순간 병원에 데려가지 못한 건, 동생과 둘만 남아 있던 일곱 살짜리 아이가 할 일이 아니었다. 두 아이만 방 안에 두고 두 분 다 맞벌이를 해야 하는 건 어쩔 수 없는 일이었다. 아이가 아파도 약봉지만 두고 일하러 갈 수 밖에 없었다. 돈이 없고, 가난하니. 그러니 누구의 책임도 아닌 게다.

우리가 여기에 태어난 것은 우리가 택한 게 아니다. 세계에서 가장 오래 일하는 나라에서 아이가 아파도, 내 자신이 아파도 우리는 일한다. 그럼에도 불구하고 국민 소득은 3만 달러를 넘지 않는다. 나는 내가 어른이 되면, 10년이 지나면 세상이 조금 더 나아질 거라고 생각했다, 그게 열다섯 살, 열여섯 살 소녀들이 끊임없이 희망차 있었던 이유다.

여전히 그대로다. 세상은 나아지지 않았다. 한 치도. 한

발자국도. 한 사람이 바꿀 수 있는 일도 아니건만, 내가, 내 아이가 스칸디나비아에 태어나지 않은 것을 분노하기보다. 이것을 바꾸려고 하기보다. 그저 하루하루 견디고 버텨내기만으로 충분히 힘들다. 그것만으로 지친다. 지금 그 애는 어디에 있을까.*

* 이 글은 저자가 〈스칸디 대디는 아이가 아프면 출근하지 않는다〉, 《한겨레》(2014.10.29.)를 읽고 쓴 글이다.

무릎의 울음

사람에 몸에는 210여 개의 뼈가 있다고 한다. 오늘은 무릎의 뼈들이 소리를 내고 울었다. 그러니 뼈의 이름을 찾아보는 수밖에. 고작 자전거를 타고 앓는 무릎은 자기의 이름을 외고 있으라는 뜻일까. 생각이 꼬리에 꼬리를 물었다. 어느새 맥주 한 잔에 속절없이 걷고 있다. 하고 싶은 게 많은데 오늘도 이렇게 하루가 간다. 손가락 사이로 시간이 빠져나간다. 겨우 무릎의 뼈, 그 이름만 알았을 뿐인데. 오늘은 그렇게 끝이 났다. 양화대교와 서강대교 사이의 노들길을 알아냈고, 다리 아래 야경은 아름다우며, 세상은 참으로 평화롭다. 무릎의 울음도 마음의 소리도 아랑곳하지 않은 채.

사람들이 너에게 예민하다고 하니

기어코 위경련이 찾아왔다. 하루 종일 한숨을 내리 쉬었다. 나는 왜 지금 여기에 있는지를 생각했다. 새벽 무렵 술김에 눈을 뜬 순간부터 출근길 택시를 탈 때까지 머릿속에 한 문장이 떠올랐다. '죽음의 그림자를 이고 살아간다.' 그리고 '일신우일신日新又日新' 생각은 나를 바꾼다. '일신우일신, 일신우일신'을 외웠다. 외고 또 외웠다.

아침 7시쯤 출근한다는 그분보다 늦을까 헐레벌떡 광화문에 도착하니 7시 15분. 아는 얼굴이 있어 모닝커피를 얻어마셨다. "기자치고 예민한 성격이야." '기자치고'가 아니라 예민하다. "마음이 발바닥에 달렸으면" 하고 나지막이 되뇌었다. 나는 마음이 도대체 어디에 달려 있길래 예민하다는 수사로 설명될 수 있을까.

밤새 우울했다. 우울함의 기록이 음주 카톡에 담겼다. 기억도 못하면서, 기억도 안 할 거면서 왜 그렇게 울컥했는지 모르겠다. 하루 종일 속이 쓰렸고 술기운은 올라왔고 마음이 부유했다. 긴 리스트를 보고서도 어디에도 전화하고 싶지 않았다. 저절로 한숨이 나왔다. 나는 내 수첩에 적은 아이템을 기억했다. 추억했다. 태어나지 못한 사산아를 보는 기분.

가방에는 주인을 찾지 못한 서류가 있다. 머리에는 써야 할 글들이 있고, 눈앞에는 새로운 노트북이 나를 기다리고 있다. 계동으로 가는 길에 숨이 가빠졌다. 택시를 타고 엄마에게 이 마음을 털어놓았다. 숨이 쉬어질 수 있을까. 바스락거리며, 바스락거리며 어딘가 타는 소리가 들렸다. 미안함이 솟구쳤고, 불편함이 내리꽂혔다. 이유는 저녁 6시가 될 때까지 알 수 없었다.

카카오톡, 텔레그램, 페이스북 메시지에 나를 걱정하는 소리들이 날아들었다. '오히려 너에게 기회야.' '네가 인정받은 거야.' '여자치고 경력치고 금방 잘할 거야.' 하지만, 하지만 못내 서운하고, 갈 곳을 잃은 서운함은 배 안에 차곡차곡 쌓였다. 술독은 얼굴에 빨갛게 올라왔고, 카페인은 횡격막을 가로막았다. 통증은 서서히 둥지를 틀었다. 어디서 어떻게 이렇게 됐을까. 유추해보아도 내 작은 머리론 알 수 없었다.

멀고 긴 여행을 가지 않기로 하며 마음을 다잡았다. 내가 다시 써야 한다면, 이유를 고민했다. 어떻게 기여할 수 있는가. 그게 이 분야라는 마음에 틀을 내리 쌓았다. 그것들이 갈 곳을 잃었다. 멘붕, 내리 멘붕. 그 말을 빼고 나는 지금 이 마음을, 척박하고 메마른 기분을 설명할 수 없었다.

자꾸만 숨이 찼다. 달리지도 않는데, 걷지도 않는데. 어젯밤부터 마라톤 이야기를 했다. 땀으로 배출되는 스트레스를 말하다가도 카톡으로는 내일을 고민했다. 이해할 수 없는 일들을 어떻게 이해해야 할지 몰랐다. 술독이 빠지지 않아서일까, 우울함은 다리 끝에서부터 차올랐다.

왜 이다지도 예민해빠진 것일까. 단 한 번, 딱 내가 원하는 대로 가지 않는 것일까. 그게 원망스럽고 분통했다. 술김에 보낸 카톡과 메시지에는 그게 담겨 있었다. 며칠째 내 뜻대로 되는 건 없다. 그 사실이 나를 자극했던 것일까. 숨 가쁜 말들이 나를 옥죄고, 나는 다시 감정 속으로 뛰어들었다. 결국은 탈이 났다.

써야 할 메일과 글은 시작도 못했다. 그러면서 겨우 약을 먹고 자리에 누웠다. 내일 새벽 3시에 일어날 테지, 어제도 그제도 새벽에 일어나고. 석간 기사를 쓸 때보다 더 잠을 자지 못하고, 숨은 겨우 쉬며, 이유와 방법을 고민했다. 생각을 줄이고, 생각을 빼고, 그러면 달라질까. 어떤 삶을 위해서 나는 이렇게 지내고 있는 것일까. 이유는 있는 것일까. 칼을 꺼냈는데 내 몸은 갈수록 작아져서 칼집도 들고 있지 못하는 게 아닐까. 의문들은 머리에 가득하고, 의심은 나를 둘러쌓았다. 그랬다. 오늘은 하루 종일 울고 싶었고.

아무것도 하고 싶지 않았다. 아무것도 하지 않았다. 내일은 그러면 내일은. 이 글을 쓰는 것만으로 두렵지만, 그럼에도 불구하고 쓰고 싶다. 유일한 넋두리니. 아참, 넋두리는 가족에게 하는 것이란 따끔한 충고가 있었지만 가족에겐 강한 모습을 보여주고, 넋두리는 이렇게 싸지른다. 왜냐, 넋이 없는 소리니.

네가 힘들다고
상처주면 안 돼

오늘로 회사를 관둔 지 99일째다. 다시 적이 없는 무중력으로, 백수가 되겠다는 결심을 굳히고 사표를 쓴 지 이렇게 많은 시간이 지났다. 생각해보면 기자가 되기 전에 놀던 날들처럼 돌아가지 말자. 매일매일 일기를 쓰자. 페이스북에 쓰자. 다른 사람들 눈에 보이니까, 어떤 강제성이 있지 않을까. 이건 회사를 관두면서 한 나와의 약속에 불과하다.

　꼼꼼한 에이형인 나는 회사를 관두고 단 두 달만 쉬기로 했다. 다이어리에 '무중력의 세계'에서 할 일들을 적었다. 첫 번째 일기 쓰기, 두 번째 남미 가기, 세 번째 일본어 시험 보기, 네 번째 건강 챙기기. 여기서 100일이 되는 기간 동안 지킨 것은 단 하나, 일기 쓰기밖에 없다.

내가 조금 더 현명했더라면 회사에 사표를 내기보다는 병가를 내는 게 맞았다. 그때도 목이 아프고 어깨가 결렸으니, 자생한방병원에서 이미 5월에 디스크 증세가 있어 보인다고 엠알아이를 찍자고 했으니 그때 목 위주로 살펴봤다면 회사에 병가를 내고 세 달이고 네 달이고 이렇게 놀았을 수도 있다.

하지만 성격이 거지같아서, 불면증이 심하니까 더 이상 회사를 참을 수 없었다. 이제 버티고 견디지 못하겠다. 바보같이 한 달 전에 회사를 관두겠다고 통보하고 한 달 내내 울다가 잠이 들었다. 그래놓고 결근하면 눈치 보일까 봐 타이레놀 여섯 알을 먹고 하혈을 하면서 회사를 다니곤 했다.

그렇게 별 볼 일 없는 사람이다. 나는 너무 힘들면 모든 것을 그 자리에 던져두고 동굴로 도망가는 사람이다. 남자친구로부터, 엄마로부터 나는 그냥 도망을 간다. 이를 악물다가 턱이 빠질 것 같으면. 이런 글들은 '왜 내가 도망치려고 하는가'에 대한 자문자답이다.

글을 쓰기 시작하면서 많은 사람을 만났다. 만나게 되었다. '내가 왜 잠을 못자지.' '내가 왜 회사 생활이 괴롭지'라는 질문들은 나에게 '나는 이런 책을 읽어왔다.' '나는 이런 철학을 갖고 사는 사람이다.' 다시 되새기는 계기가 되었다. 그리하여 나는 별 볼 일 없는 주제에 마음이 성하지 않는 사람이라는 것을 알았다. 물론 건강도 좋지 않지만.

늘 웃었다. 늘 괜찮은 척 했다. 지금 열이 나도 몸이 으스러질 것 같아도 혹은 지갑에 신용카드밖에 없을지라도. 여유 있는 척, 궁하지 않은 척했다. 하지만 이 모든 것들마저 나는 힘이 들어서 하나씩 하나씩 현미경으로 보았다. 나는 왜 괜찮은 척할까, 나는 왜 가난하다고 말을 하지 못한 것일까.

침대에서 온몸이 아파서 눈이 저절로 떠지면서, 글을 쓰러 책상에 앉는다. 영화를 보러 가다가 아빠가 보고 싶어서 울기도 하고, 그때 그 심정을 글로 쓰지 않으면 미칠 것 같아서. 갑자기 사람들이랑 수다를 떨다가도, 버스 안에서도 나는 그저 쓴다.

4년 동안 가족들에 대해서 누구에게도 단 한마디도 하지 않았다. 그 누구에게도. 아니 그 이전부터 나는 누구에게 내 가족의 이야기를 하지 않았다. 사람은 저마다 우물이 있어, 그 우물에 깊이 하나씩 하나씩 던져두면 모든 일들은 시간이 해결해줄 것이라고 봤다. 그렇지만 우물도 막히면서 나는 우울증에 빠졌다.

1년 6개월은 아무도 만나지 않았다. 쇼핑도 하지 않았다. 매일 같은 옷을 입고 다녔다. 사람들이랑 눈을 마주치기 힘들었다. 잠만 자고 싶었다. 하지만 자면서도 기사 쓰는 압박에 시달렸다. 일어나서는 더욱 무기력해졌다.

택시를 타고 출근했다가 택시를 타고 돌아왔다. 남자친구의 전화도 받지 않았다. 대신 미국 드라마를 하루에 스물네 시간을 봤다. 머리엔 들어오지 않았으나 그때 나는 진심으로 혼자 있고 싶었다. 아무도 건들지 말았으면 했다. 때론 사건 기사들을 읽으며 '이렇게 되려면 어떻게 해야 하지' 이런 날들이었다.

질투의 나날이었다. 나는 노력도 하지 않으면서 단독 기사하는 친구들이 부러웠다. 아무 것도 털어놓지 않으면서, 나는 침대에 누워 내가 손에 꼽을 다섯 명의 사람은 누구인가 생각했지만 찾을 수가 없었다. 이런 인생을 뭐하러 사냐는 생각이 들었다. 그 당시에 나는 그만 좀 살고 싶다는 게 소원이었다. 이렇게 고통스러운데 왜 사냐.

물론 지금은 너무나도 살고 싶어서 죽을 거 같다. 왜 나에게만 이런 일들이 쓰나미처럼 덮치는지 모르겠다고 생각하다가도, 그 사람들 때문이라도 살고 싶다. 내가 행복하게 두 다리 뻗고 자는 모습을 보여주고 싶다. 너는 나를 생각하지 않겠지만 나는 이게 복수라고 본다. 그래서 네가 언젠가 나처럼 잘 때도 두 다리를 펴지 못하면 좋겠다. 두려워서.

원장님은 내게 이렇게 말했다. "참 기분 나쁜 병이에요. 아픈데 죽을 만큼 아픈 건 아닌데 짜증나게 아프죠. 예민해져서, 농담인 거 알면서도 화를 벌컥 내고, 아마 인내심이 없어질 거예요. 돌아서면 승미 씨가 화를 내고 나서 또 본인도 상처받을 거예요. 나 원래 이런 사람 아닌데. 그렇지만 하나라도 나아지는 듯이 느껴질 거고. 그렇지만 좋아질 거예요. 워낙 긍정적인 사람이니까요."

'원장님 잘 모르세요. 저는 되게 비관적인 사람이에요. 그냥 남들에게 긍정적으로 보이고 싶을 뿐. 여유가 있어 보였으면 하는 마음이 얄팍하고요. 무엇보다도 사람을 별로 안 믿고요. 저는 그렇게 착하지 않아요'라는 말들이 목에 걸렸다.

원장님의 말대로, 나는 이제 울컥울컥한다. 별것 아닌 일에 왜 나에게 창피함을 줬냐고. 예전 같았으면 원래 그런 친구니까, 난 그런 친구까지 포용할 수 있으니까, 화를 내지 않는다. 내 글에 상처를 받았다는 언니한테도 "언니, 그런 게 아니야"라고 차근차근 설명하겠으나 나는 이제 지쳐서 그만하고 싶다. 그래 인연을 끊자. 그러자. "이 글들은 어떤 후회와 선택에 관한 것들이다"라고 설명하기조차 힘들다.

그래 쉽지. 딱 여섯 글자면 된다. 지금 내 마음을 표현하는 것은. 나는 그것마저 주저주저한다. 김범수의 노래 제목으로 나왔는데도 불구하고. 그 말을 하면 내가 무너져 내릴 것 같아서. 그냥 이 긴 글 역시도 그 여섯 글자에 대한 이야기다. 지금 만약에 내 옆에 계신다면 내게 어떻게 하라고 어떻게 버텨내야 한다고 알려주실까. 엄마와 동생은 내가 평생 지켜줘야 하는 사람이니까. 내가 짊어지고 가야 하는 사람들이니까. 그냥 그런 이야기다.

왜 나는 이렇게밖에 주저리주저리 이야기를 하지 못할까. 친구는 말했다. "지금 가장 즐거운 일을 해. 글을 써서 죽을 것 같으면 쓰고." 선배는 이렇게 말했다. "글을 올릴 때 한 번만 더 생각해 봐. 지금 네가 힘들다고 사람들에게 상처주면 안 돼."

모든 말들이 나를 둘러싼다. 둘 다 맞다고 생각한다. 그래, 나는 상처주고 나서, 화를 내고 나서 바로 미안하다고 사과했어. 그렇지만 당분간 나는 이렇게 칭얼대고 싶은데, 두렵다고 무섭다고 말하고 싶은데, 그 말들은 꼬리가 길어서. 나는 실은 그 말들을 하고 싶었는데. 그들은 그 말의 꼬리를 찾지 못하고 나는 여전히 머리카락만을 만지작거려.

그러니 이것은 별 볼 일 없는 사람의 글이고, 그 글은 결코 당신을 향한 것이 아니라, 오로지 나만을 위한 글이라는 것을. 그러니 상처받지 마시길. 차라리 읽지 마시길. 지금은 누군가를 또 잃는다는 건 나한테 너무나도 힘든 일이니. 그저 차라리 읽지 마시고, 곁에 있어주세요. 그게 아니라면 나를 떠나도 나는 당신의 마음을 헤아릴 테니. 저를 두고 그냥 당신의 갈 길을 가세요. 99일째 별 볼 일 없는 사람이 하는 말. 넋두리, 지청구. 그런 것들.

대부분의 인간은

모차르트가 아닌 살리에르다. 그렇지요?

세상이 끝났으면 좋겠니

열흘째 마음의 자리를 기다리고 있다. 소속이 바뀌길 바라고, 마음이 안기安氣를 찾기를 바라며, 나는 기다리고 있다. 기다리는 순간은 복잡다단하다. 열흘 만에 처음으로 침대에서 일어나는 게 두렵지 않았다. 작은 옹달샘 같은 나는 쉽게 흔들리고 쉽게 철렁거린다.

전날 술자리에서 계속 자리를 찾지 못했다. 같이 앉아 있지만 이 자리에 나만 중력이 존재하지 않는 것처럼 대화에서도 겉 돌고, 취기에서도 겉 돌았다. 그런 날은 집에 가는 길에 덜컥하고 취한다. 한 선배는 내게 즐겁게 살자고 말했다.

그런 말을 들을 때면 '나는 즐거워 보이지 않은가.' '나는 느슨해 보이는가.' '나는 불행한가.' '불행하지 않은가.' 질문을 생각한다. 그런 질문들이 어떤 답을 갖고 있는지 모른다. 며칠 동안 써내려간 일기를 다시 꺼내보면서 '일기에 순간의 감정을 박제하는 게 아닌가' 하는 생각이 든다.

나는 결코 다시 돌아가지 않을 것이다. 다시 괴롭지 않을 것이다. 생각해보면 숨이 쉬어지지 않았던 건 꼭 부서 문제만은 아니었다. 글이 쓰기 싫었고, 기사가 싫었고, 공간이 싫었다. 그렇게 싫증을 잘 내는 성격이었다.

해는 뜨겁고 공기는 팍팍하다. 숨을 쉬지 못할 정도로 열기는 팽창한다. 보도자료 앞에서 무기력했다. 한국말을 해석하지 못했다. 아무 것도 할 수 없었다. 그냥 하얀 타월을 던지고만 싶었다. 새벽 3시부터 계속 깼다. 그렇게 무서워서, 그렇게 무기력해서 나는 무엇을 쓰려는가.

아침에는 특종 리스트를 봤다. 이달의 기자상. 수많은 기자가 얻고자 하는 영예, 그들이 갖고 있는 안정감과 자신감. 나의 말투는 흐리며 안색은 어두워지고 있다. 이건은 징후. 이런 징후가 내포하는 결과는 늘 그렇다. 한사코 벗어나고 싶어서 무리수를 썼다.

그 무리수에 누군가 유탄을 맞았다. 좋은 결정일까, 잘

한 결정일까. 알 수가 없었다. 끝내 답답해서 징징거리고 술을 마시고 온종일 잠을 자고 손을 놓아버리기도 했다. 예정된 자리로 돌아갔다. 그 자리에 앞서 나는 기다리고 있다. 내일은 다를까, 내일모레는 다를까.

기다림은 묘한 초조함을 동반한다. 언제쯤이면 안정될 수 있을까. 언제쯤 끝날 수 있을까. 언제쯤이면. 이런 질문들이 이어지면서, 질문을 할 수 있는 여유가 있다는 점도 묘한 초조함을 더한다. 기사를 써볼까. 생각이 많아서 기사가 써지지 못하는 것이다. 혹은 글이 두서가 없다. 말이 두서가 없다. 질문이 연속성이 없다. 그런 징후들이 여기서는 발현되지 않을까. 나는 '갈등을 빚은 사람'이라는 타이틀을 뗄 수 있을까. 단단한 사람이 되고 싶다. 안정감이 있는 사람이 되고 싶다. 꼼꼼한 사람이 되고 싶다. '싶다'의 주어와 목적어만이 늘어나고 있다.

불안감이 없는 건 아니다. 떨리지 않은 건 아니다. 여기에 남는 글들이 내 마음의 위안을 주기도, 혹은 내 마음의 불안을 더하게 할 수도 있다. 언젠가 나를 덮칠 수도 있다. 그런 두려움이, 불안함이 없는 건 아니다. 그럼에도 불구하고 글을 쓰는 이 순간만큼은 숨을 쉴 수 있다. 기다리는 시간을 견딜 수 있다. 하루 종일 목이 잠겼고, 숙취에 시달렸으며, 무기력과 싸웠다. 아무것도 안 하는 것. 그보다 더 나은 건 뭐라도 쓸 수 있는 것이다.

지난 열흘 동안 내가 기자가 맞는지에 대해서 줄곧 질문을 했다. 부인하고 부정했다. 오타는 여전하고, 해석도 느렸다. 기사도 못 썼다. 취재 능력도 제로였다. 왜 다시 돌아가야 하는가. 왜 쓰고 싶은가. 왜 나는, 나는, 나는. 매일 같은 질문들이 반복됐다. 쓸데없는 공포와 두려움도 커졌다. 위경련은 매일 밤 일어났다. 이렇게 예민한 내 자신에 대해, 나는 내가 너무 싫었다. 세상을 구하겠다는 것도 아니고 결국 내 하나의 안위 때문에 이렇게 종말을 기다리는 사람마냥 사는 것일까.

미드 〈레프트 오버〉처럼 멋진 상상을 한다든가, 인류의 2퍼센트가 무작정 사라지고, 컬트 종교가 생기거나, 그 종교에 같이 하고 싶어 한다거나, 그들이 담배를 피우면서 말을 하지 않는 이유를 궁금해 한다거나, 그런 세말하고 복잡한 상상을 더하는 게 아니라 오직 '왜 나는 이렇게 불안한가, 왜 찌질한가'에 대해서만 고민했다. '트라우마가 있었나' 혹은 '이런 감정의 원인은 뭘까.' '전문가를 만나봐야 할까.' 매일 아침 출근길 버스에서 그런 생각을 했다. 심리 상담소를 다녀볼까. 페이스북에 비밀글을 쓰다 지우다 했다.

결론은 아직 미정. 이제 호흡은 안정되고 마음은 가만하다. 해법을 찾고 싶다. 물론 머릿속에서는 알고 있다. 안정감을 찾을 것, 편안하게 생각할 것, 내려놓을 것. 모두 다 잘할 수 없다. 그런데 이런 패턴이 반복된다면. 고민은 꼬리에 꼬리를 물고 있다. 눈이 스르륵 감기지만 글을 쓰며 기다리고 있다. 기다림이 끝나면 나의 자리는 마련될 것인가. 자리는 내일, 내일모레가 되어서야 손에 쥘 수 있을까.

남매의 여름

6개월 만에 본가에 갔다. 회사를 관두기 직전에는 본가에서조차 잠을 잘 수가 없었다. 지난해 2014년 크리스마스 뒤로 다시 본가를 찾지 않았다. 내면의 단단함을 찾지 못한다면, 본가에서조차 쉴 수 없을 거란 생각이 들어서였다.

본가를 가서 어제오늘 내리 잠을 잤다. 퇴사 직전엔 두 시간도 채 자지 못했다. 풀벌레 소리마저 나를 깨웠다. 그때와 달리 잠을 자고, 자고 또 잤다. 가면 내 방도 없는데. 거실에서 자다가도 아침이면 엄마방에 가서 엄마 냄새를 맡으면서 또 잤다.

엄마는 내가 '본가'라는 말을 쓰면 질색한다. 출가외인도 아닌 주제에 왜 벌써 그런 말을 쓰는 것이냐는 말이다. 결혼만이 출가인가, 독립했으니 맞다고 생각하지만 설득할 도리는 없다.

오후에는 동생과 〈쥬라기 월드 1〉을 봤다. 단 둘이서 영화를 본 것은 처음이다. 동생은 이 사실을 아는 듯 모르는 듯. 남동생은 어려운 존재다. 가까우면서 가장 멀고, 친한 듯하면서 낯설다. 특히 말 붙이기 까다롭다.

내 인생의 첫 번째 경쟁 상대였다. 눈물이 많은 동생과 겁이 없는 나, 운동을 잘 못하는 동생과 뛰노는 것을 좋아하는 나, 쌍꺼풀이 있는 동생과 없는 나, 수학과 게임을 즐기는 동생과 국어와 책을 애정하는 나. 우리는 늘 이분법처럼 존재했다. 서로를 비추고 있지만 정작 자신은 볼 수 없는 거울과 같았다.

동생이 언젠가부터 나를 싫어했다. 나는 그 사실에 대해 무관심하기로 했다. 피붙이에게 먼저 느끼는 감정은 복잡다단하다. 영화나 드라마처럼 다정하고 싶지만 현실이 그랬다. 때로는 답답한 마음에 동생을 관찰해보았지만 그 마음을 알 수는 없는 노릇이었다.

그러나 다행히도 그는 바르게 자라났다. 그것만으로 감

사했다. 시간이 지나면 그의 감정도 옅어지겠지 했다. 누나라고 꼭 좋아하라는 법은 없으니까 말이다. 나도 그의 감정을 생각하기엔 내 감정과 상황에 한동안 빠져 있었다.

스무 살 이후에 조금 더 멀어졌다. 나는 스스로의 근원적 고민에 빠졌다. 그 애는 나름의 시간을 보냈다. 오늘에서야 처음으로 둘이 이야기를 나누었다. 지금 만나는 여자, 앞으로 만나고 싶은 여자, 혹은 결혼. 동생은 처음으로 내게 말했다. "누나들한테 고백을 많이 받는데, 누나가 생각나서 만나기 싫어."

짐작 못하는 건 아니었다. 그럴 수밖에 없는 상황이라고 생각했다. "나도 남동생 있어서 연하는 만나기 싫더라." 목구멍으로 넘어가는 함흥냉면의 면발은 얇았지만, 우리 사이의 침묵은 두꺼웠다. 드문드문 이야기를 하다가도 결국 서른 넘은 우리에겐 연애 이야기가 주된 화제였다. 술김에 키스한 여자에 대해서 동생이 말했다. 나는 억지로 사랑하지 않는데 책임감 때문에 누굴 만나지 말라고 조언했다. 우리는 없는 게 많으니까, 사랑하는 사람을 찾는 게, 그 사람과 평생을 같이 보내는 게 가장 중요한 자산이 될 거라고. 그것만으로 충분하다고. 그러니 쓸데없는 책임감 갖지 말라고.

"뭘 해도 글을 잘 쓰는 건 좋은 것 같아." 무심한 듯 툭하고 내뱉는다. 요새 마라톤도 하고 등산도 다니지만, 요즘 들어 하고 싶은 건 글을 잘 쓰는 거란다. 가끔 동생의 이런 말을 들을 때마다 어릴 적 내가 알던 동생인가 싶다. 실은 살면서 한 번도 동생이 무엇을 하고 싶은지 궁금한 적은 없다. 알아서 잘하지 싶었다.

3D 영화는 처음이라고 했다. 순간 울컥했다. 동생을 얼마나 무관심하게 두었는지. "왕따를 당한 적이 있어서, 모임에서 왕따 당하는 여자 보면 안타까워." 처음 안 사실이었다. 나와 달리 늘 친구들과 함께 우르르 몰려다녀서 안심했다. 남동생에 대해서 내가 제대로 아는 건 무엇일까.

사랑한다는 이유로 거리를 두었다. 나의 약한 모습을 보여주기 싫어서 가족들에겐 늘 무덤덤했다. 누나라는 존재는 이 아이한테 무슨 의미일까. 타인보다 낯설고 서투른 단어일까. 얼마나 대단한 일을 하고 싶다고 나는 이렇게 살아왔을까.

영화를 보고 홀로 걸어오는 길에 생각했다. 내면의 단단함을 길러야지, 그만 방황해야지, 그만 두려워해야지, 그리고 강해져야지. 다시 출근하기까지 이틀이 남았다. 해야 할 일은 산더미처럼 쌓여 있다. 동생을 생각하며 이런 한가로운 산책을 할 시간도 얼마 남지 않았다. 여행을 가지 않아서 다행이다.

내 슬픔에선
냄새가 나

'왜 쓸까. 왜 쓰고 싶을까' 질문에 대해 생각했다. 잘 모르겠다. 그냥 마음에서 문장이 생각난다. 심장이 콩콩 뛰듯이 문장이 나를 부른다. 대단한 문학 작품을 쓰겠다는 것도 아니고, 엄청난 단독을 하겠다는 것도 아니고, 생동감이 넘치는 여행기를 쓰겠다는 것도 아니고, 그저 '쓰고 싶다, 써야겠다, 쓰겠다, 쓴다'라는 과정이 이어진다.

"연인과 이별이에요? 그게 원동력이에요?"라는 질문을 받았다. 글쎄요. 단박에 "아니에요"라고 했다. 물론 이별에 대해서 많이 썼다. 곱씹었다. 누군가 내게 페이스북에 그렇게 글을 쓰는데 당신과 무서워서 연애를 하겠냐고, 《미디어스》에 중계되겠다고 했다. 불쾌했다. 또 다른 사람은 "이게 픽션인가요?"라고 묻기도 했다. 다시 헤아리는 중이에요. 왜 헤어졌을까. 우리는 왜 헤어졌을까. 나쁜 남자는 나쁜 여자가 만드는 것일까요. 나쁜 여자는 나쁜 남자가 창조주라는데. 그렇다면 착한 여자와 착한 남자는 만날 수 있는 것일까요. 그런 질문들이 꼬리에 꼬리를 문다.

"상상하는 글을 쓰지 못한다. 그게 신문학도들의 특징이다." 글을 꽤나 쓴다는 선배가 그랬다. 그는 맛있는 음식을 맛깔난 사람과 먹은 후기를 써내려간다. 나는 어떤 글을 쓰고 싶은 것일까. 기자를 관둔 후 페이스북에 혼자 인터뷰도 써보고 방송 대본 형식으로도 써보고 그랬다.

중고등학교 시절 내내 교지 편집부에 들었다. 교회에서 《반딧불》이란 신문도 만들어서 편집장을 했었고. 초등학생 때 최초로 상을 받은 일은 수학 경시 대회였지만, 두 번째는 중학교 3학년 때, 일제강점기에 징용된 노동자들이 가슴 아파서 쓴 광복 50주년 글이었다. 그런가 하면 가장 먼저 쓴 독후감은 《노트르담의 꼽추》와 《사후세계》. 이 말도 안 되는 조합이라니, 어린이었던 나는 그랬다.

페이스북 친구들을 실제로 만나면, "생각보다 밝네요"

라는 소리를 듣는다. 내 글이 너무 슬프다는 사람도 있다. 왜? 나는 형용사와 부사 사용을 자제한다. 슬프다고 아우성치는 글은 몇 개 찔리는 게 있다만 그건 그냥 '아프다'라는 글이었다. 말로 표현할 수 없는 육체적인 고통. 극한으로 피곤해지면 말도 귀찮고 글이 편할 때가 있다. 글로 정리되어야 누군가에게 말을 하려고 시도할 수 있다.

엘리아스 카네티의 원동력은 어머니에 대한 경외심과 어머니에 대한 인정 욕구, 그 근원은 죽음에 대한 두려움이라고 수전 손택은 적었다. 그 역시 마흔세 살에 유방암 진단을 받는다. 죽음까지 적어 내려가려고 한 그였다. 40대에 죽을 수 있다는 경고를 받은 글쟁이는 무슨 느낌일까. 그럼에도 불구하고 결혼을 하고 아이를 낳는 원동력이 무엇일까. 궁금하다.

롤랑 바르트도 죽음을 두려워했다. 그는 삶을 너무 사랑한 탐미주의자여서, 삶의 반대말을 이해하지 못했다. 책에 줄을 긋는 것조차 두려워하는 그였다. 하나의 완벽한 작품에 줄을 긋는 것이 오히려 책을 망가뜨리는 일이라 본 것이다. 탐미주의자도 죽음을 두려워하고.

'좋은 책을 읽다가 죽은 사람은 없지만 좋은 책을 쓰려다 죽은 사람은 있다'라는 말이 있다. 죽으려고 하다가도 책을 읽으면 죽으려는 생각을 고치게 되지만, 좋은 글을 써야 한다는 집념에 자살을 시도하거나, 자살을 하는 이들도 있다. 혹은 모든 역량을 다 쏟아 붓고 긴장이 풀려서 죽는 이들이 있다.

책을 읽었다. 초등학교 때 이모가 사둔 세계문학고전을 읽었다. 두꺼운 책들을. 그때 왜 아빠는 책을 많이 읽어도 행복하지 않았을까. 엄마는 하나님을 믿어도 행복하지 않을까. 행복은 뭘까, 뭘까. 책은 읽을수록 비극만 많더라. 그리스·로마 신화부터 우리나라 아기 장수 설화까지 모든 이야기에는 비극이 있더라.

여기 슬픔이 있다. 여기 슬프지 못한 이들이 있다. 여기 슬픔을 외면하는 이들이 있다. 여기 슬픔의 처방전을 찾는 이들이 있다. 여기에 이들과 있다. 사이에 슬픔은 저마다의 무게를 지니듯이. 슬픔은 슬픈 냄새를 풍겨서, 서로를 알아보는 것일까.

울보란 별명답게, 며칠째 신문을 읽을 수가 없다. 왈칵 하고 눈물이 쏟아진다. 자전거를 타고 멀리 나갔다. 아무 생각을 하고 싶지 않아서였다. 저 멀리 갈 수가 없다. 무거워진 두 다리만큼, 다시 생각은 원점을 복귀한다. '이런 불량품 같은 육체를 언제까지 지고 살아야 하는가'라는 생각 사이로 시간은 흩날린다.

벚꽃이 진 자리에 꽃술만 남아 있다. 한강 바람에 벚꽃이 은박지마냥 흩날렸다. 연인들의 머리 위로, 노부부의 다정한 두 손 위로, 자전거를 타는 나의 뒤로, 봄이 그렇게 간다. 슬픔의 그늘을 남기고, 위로의 그림자를 더하며 그렇게 또 하루가 갔다. 잡을 수 없는 시간은 그렇게 간다.

"왜 아직도 떠나지 못했어?" "엿가락 사이로 늘어지는 모든 미련에서 떠나. 그래야 해요." 누구는 저 멀리 여행을 가라고, 누구는 얼른 기자로 복귀하라고, 더 늦으면 감이 없어질 거라고, 누구는 왜 지긋지긋한 기자로 복귀하느냐고, 다른 길을 가라고 한다. 수많은 조언과 걱정이 내 앞의 십자가처럼 놓여 있다.

생활인인 나는 아르바이트에 메여 있고. 그 와중에 글은 왜 쓰냐고 또 스스로에게 묻는다. 봄날이 가고, 내가 진 빚들은 하나둘 쌓여가고, 내가 쓴 글들도 하나둘 쌓여간다. 쿼바디스 도미네Quo Vadis Domine, 주여, 어디로 가시나이까. 다시 기도를 해야 할까 싶다가도. 결국 하지 않으면 미칠 것 같은 일, 남들이 뭐래도 내가 하고 싶은 일을 한다.존재는 시간이 규정한다. 일의 성공이 아니라, 꽃이 지고 피는 시간, 그 유한한 시간이 나를 규정한다. 왜 사는가를, 왜 쓰는가를, 결국엔.

왜 계속
살아야 할까

사람은 가끔 가다 외롭다.

외로운 사람은 언제나 아프다.

아픈 사람은 아픈 사람을 알아본다.

아픈 사람은 건강한 사람을 찾는다.

건강한 사람은 우울한 사람을 찾고 싶지 않아 한다.

불안한 사람은 외로운 사람이 대다수다.

건강한 사람은 미래를 준비한다.

우울한 사람은 과거만을 추억한다.

과거에서 벗어나오지 못한다면 오늘은 없다.

명제들을 쭉 써내려갔다. 선험적으로 겪어봤던 명제. 몸으로 돌진해 얻어낸 말들에 대해서. 그러나 그 말은 내게 쉽게 적용되지 않는다. 나는 그렇게 태양이 지구의 4분의 3정도 도는 시간에 다시 원점으로 돌아갔다. 불안한 눈동자와 급박한 말투, 두서없는 질문, 쓰는 법조차 다시 다 까먹었다. 사람들 만나는 게 힘들고 낯설다. 나를 둘러싼 모든 게 생경하다.

나는 사람을 좋아하고 술을 좋아하고, 내게 시간이 부족하니까 의미 있는 일을 하고 싶고 그래서 현장을 기록하는 기자가 되고 싶다고 쉬는 동안 늘 노래를 불렀다. 술자리에서 네가 아직 기자냐고 톡 쏘던 선배들도 있었다. 그런 말에 개의치 않던 깡다구 같은 내 마음은 어디로 갔을까. 다시 제자리를 맴돌고 있다. 이러면 왜 그런 모진 롤러코스터 같은 감정을 견뎠을까. 회사를 관두고, 사랑하는 사람과 헤어지고, 책도 쓰지 못하고. 지구 반대편을 다녀오지 못해서일까. 나는 자꾸만 작아진다. 왜 회사를 관뒀냐는 말에 나는 우물쭈물한다. "여행자인데 여행은 다녀오셨어요?"라는 물음에도.

내가 원하는 곳으로 갔다면 달라졌을까. 내가 원하는 기사를 쓸 수 있다면 이런 마음이 아니었을까. 수많은 가정을 해보지만. 아니면 그가 내 곁에 그대로 있었다면 나는 달라졌을까. 혹은 그 누구라도 내 곁에 있었다면 더 나은 사람이 됐을까. 그 수많은 가정 속에서 나는 길을 잃는다.

주말 내내 배앓이를 했다. 위경련은 시도 때도 왔고, 의욕도 밥맛도 없었다. 하지만 끊임없이 잤다. 자면서도 꿈을 꾸고 발제를 생각하고 시달렸다. 시달림은 건강을 쉽게 앗아간다. 그런 패턴이다. 익숙한 문법이다. 한번 경험해보았다. 겨우 거기서 벗어났나 싶었는데 여전히 그대로다. 작고 초라한 마음으로 돌아갔다. 그런 생각이다. 울컥하고, 또 울컥했다. 못난 나한테 화가 났다. 결혼식도 모임도 가지 않았다. 온몸에 힘이 없었다. 내리 잠을 잤다.

이럴 거면 그 세월을 내가 왜 보냈을까. 그때처럼 똑같다면 나는 왜 그렇게 변화하려고 발버둥을 쳤을까. 나는 여전히 초라하고 작은데. 여전히 불안하기만 하고, 그런데. 왜 무슨 부귀영화를 누린다고 나는, 나는, 나는 그랬을까. 너무나 많은 것들이 부담스럽다.

제주도에서 만난 신입 사원에게 "죽을 것 같지만 죽지 않아"라고 조언했던 말이 생각났다. 그 말이 내게 필요하다. 알고 있다. 그래서 많이 찡찡대고 있지만, 찡찡도 돌아올 걸 안다. 안다, 안다, 알지만 나는 헤엄을 못 치는 물고기마냥, 산을 타지 못하는 등산가마냥 답답하다. 하지만 왜 답답한지 이유를 알고 있다.

가지 못한 길, 이루지 못한 일, 만나지 못한 사람, 돌이킬 수 없는 시간. 그런 것들이 내내 가슴에 걸려 있다. 밥을 먹어도 배가 부르지 않고, 이야기를 들어도 가슴에 차지 않는다. 도대체 왜 해야 하나 그런 마음이 자꾸만 걸린다. 다른 대안이 있는 것도 아니고 다른 방법이 있는 것도 아니지만. 술을 마실수록 비관적이다. 비관에서 무엇을 찾아야 하나 자꾸만 고민이다. 어정쩡한 마음이 언제쯤 정리될까. 알고는 있다. 이렇게 후회하고 돌이켜봤자 아무것도 가질 수 없다. 이런 고민조차 사치다. 진짜 해야 할 고민은 이런 게 아니다. 그럼에도 불구하고 다시 이런 고민을 줄기차게 하고 만다.

왜 사는가. 왜 살아야 하나. 왜 써야 하나. 그리고 왜 지금 이 순간 나는 행복하지 않은가. 행복하려면 어떻게 해야 하나. 지난겨울이 내 행복의 담보가 아니었는가. 내 삶의 그늘이 지난겨울이 아니라 지금이라면 어떻게 해야 하는가. 나는 어떤 선택으로 완성될 수 있을까. 한숨은 늘어가고, 가슴은 답답함만 쌓이고. 이 일기마저 토할 정도로 우울하지만. 누군가 읽으면 어쩌지. 하지만 모르겠다. 쓰지 않으면 미칠 것 같으니까 이거라도 써야겠다.

그리고 글을 쓰지 못했다. 한두 달 처박혀 있었는데 글에 압도되었다. 다시 복귀해야겠다.

다시 적어 내려가는
오늘 밤

당신에게 앞으로 6개월의

삶이 남아 있다면, 무엇을 하겠어요.

지구에서 만나요

회사를 그만두고 여러 사람을 만났다. 그동안 바빠서 못 만난 사람들, 오다가다 여행 중에 인연으로 만난 사람들, 회사를 그만둔 내가 궁금한 사람들. 나이도 성별도 지위도 지역도 다른 그들이 던진 질문은 항상 똑같았다. 왜냐하면 내가 만든 명함을 내밀었기 때문. 그들은 내 명함을 찬찬히 살펴보거나, 실소를 참거나. 서둘러서 답했다. "회사를 관두고 여행을 가려고 만든 명함이에요."

첫 번째 유형은 질문형이다. 명함을 보며 "지금 여행자세요?"라고 묻는 사람부터, "'무중력의 일상'이 무슨 뜻이에요?" "이거 직접 디자인했어요?" 아니면 날카로운 사람들은 "한자 이름을 '아름다울 미美'가 아니라 원래 '정교하다 미微'를 쓰세요?"

어떤 이들은 오타를 찾았다. 명함을 바라볼 때 그들은 미간에 힘을 주고 입은 살짝 나온다. 질문을 던지기 전에 이런 의미다. "그만두고 얼마나 좋아요?" 혹은 "후련한가요?" 이들은 다음 대화에서 어깨를 앞으로 내밀고 팔꿈치를 탁자에 기대며 탐정마냥 내게 질문을 퍼붓는다. 진짜로 회사를 관둔 사람에 대한 부러움과 약간의 질투가 묻어나온다. 재빨리 대답한다. "여행 못 갔어요, 아직. 목 디스크 때문에요."

두 번째는 보자마자 실소를 참는 유형. 명함에 대해 궁금증은 없다. 고로 현재의 나에 대한 호기심도 없다. 적당히 미소를 지으며 적당한 예의를 갖춘다. 첫 번째 유형과 달리 두 번째 유형은 회사를 한 번쯤 그만두거나 오랜 공백기를 가진 경험이 있다. 이들은 대부분 명함을 슬쩍 쳐다본 다음에 충고를 한다. "공백기가 길어지면 좋지 않아요." 혹은 "그러면 지금 돈은 있고? 돈은 벌어요?" 바로 답한다. "저 돈 벌어요. 이것저것 하면서." 그들의 관심은 "도대체 무엇을 하면서 얼마나 버느냐"는 것으로 바뀐다.

회사를 관둔 뒤 사람들이 내 이름을 불러주길 바라며 명함을 만들었지만 그것은 쓸데없는 기대였다. 나는 여전히 누군가에게 기자였다. 기자들끼리 말하는 '김 선수' '김 프로'로도 불렸다. 단 한 번, 내 명함에 감격한 어느 교수님이 술자리에서 내내 '여행자님'이라고 불렀지만 이내 다음 날에는 '김 기자'라는 호칭으로 바뀌었다. 물론 지인들은 '김백조' '김백수'라고 불렀다.

사실은 회사를 관두거나, 관두지 않거나 당신에게 필요한 건 호칭보다 계획이다. 회사를 관두기 직전, 버킷 리스트를 적어 내려갔다. 첫 번째로 이사, 두 번째로 남미 여행, 세 번째로 일본어 공부, 네 번째로 하루에 한 번 글을 쓸 것. 지금 와 돌이켜보면 지킨 것은 남미 대신 제주도와 오키나와로 여행, 하루에 한 번 글쓰기 정도다.

그다음으로 회사를 관둔 당신에게 필요한 건 정신력이다. 수많은 사람이 당신에게 조언을 던진다. 명함 한 장을 두고서 여러 말이 쏟아져 나오듯이, "밥은 잘 먹고 다녀?"부터 "언제 재취업할 거야?"까지. 그 수많은 질문에서 꿋꿋하게 자기만의 길을 간다는 건 실로 힘든 일이다. 물론 친구들의 조언과 지원도 필요하다. 나를 너무나 사랑하는 이들의 조언이 때론 나를 아프게 한다. 그들의 말에 귀 기울여야 한다. 그러나 상대방의 말에 휘둘리지 않으며 스스로를 믿는 정신력이 무엇보다 필요하다.

또한 생활력이다. 퇴직금은 한순간이다. 나 역시 그랬다. 퇴직금으로 여행을 하고 무엇을 할지 계획을 세웠지만 어느새 물거품처럼 사라졌다. 회사를 관두기 전엔 내가 세금을 이렇게 많이 내는지도 몰랐다. 각종 보험, 국민연금과 도시가스비, 전기세, 휴대폰 요금에 허덕였다. 그야말로 진정한 독립생활이었다.

넷째로는 체력이다. 회사를 관두고 몸이 아프기 시작했다. 누군가는 회사 생활의 독소가 빠져나오는 것이라고 했다. 혹은 "긴장이 풀려서"라고도 했다. 병원과 병원을 찾아다니는 일상이 이어졌다. 그러다보면 다시 마음이 약해지기 마련이다. 백수 생활이 길어질수록 운동을 해야 한다. 한강에서 뛰든, 자전거를 타든, 헬스장을 가든 땀을 흘리고 나면 몸과 마음은 가벼워진다.

다섯째, 시간 관리다. 시간이 너무나 많기 때문에 주체할 수 없었다. 몇 가지 규칙적인 생활 패턴이 잡히지 않는다면 백수 생활은 여전히 괴로울 수밖에 없다. 아침에 일찍 일어나서 신문을 보거나, 샤워를 하거나. 혹은 아침에는 공부를 하고 오후에는 나가서 사람을 만나거나. 이런 규칙들이 뼈대가 되지 않는다면 생활은 쉽게 무너지고 만다.

여섯째, 태도다. 당신이 계획을 지키거나 지키지 못하거나, 안 지키거나 이 시간들로 겪는 삶의 태도가 달라진다면 그걸로 충분하다. 세계 일주를 하는 사람도 있지만 못하는 사람도 있으니까. 스스로를 다그치지 않는 걸로 충분하다. 그저 왜 못했는지 왜 잘했는지 그걸 아는 걸로도 그만이다. 지키지 못한 버킷 리스트는 매달, 매주, 매일 다시 써 내려가면 그만. 죽을 때까지 버킷 리스트를 새로 쓰고 고치고 다시 지우는 일을 할 테니까.

회사를 관둔 8개월 동안 그야말로 '무중력의 세계'였다. 영화 〈그래비티〉처럼 알 수 없는 외부 요인에 우주 저 멀리로 둥둥 떠내려갈 때가 있었다. 중력이 없는 세계이기에 마음에 폭풍이 부는 날이면, 제주도로 오키나와로 도망가기도 했다. 파편처럼 다가오는 옛날 일들에 마음 고생하기도 했다.

그럼에도 불구하고 많은 사람을 만났다. 명함 400장을 썼으면 하루에 못해도 두 명 이상의 사람을 만난 것이다. 감사하게도 하루에 한두 번의 밥값은 내가 내지 않았다. 대신 커피를 샀다. 그들의 이야기를 들었다. 청춘들이 겪는 고통은 신문에 등장하지 않는다는 것을. 40대, 50대의 이야기도. 내가 만나고 싶은 사람이라면 다짜고짜 전화를 해서 차 한 잔 사달라고 졸랐다.

남미 여행은 안 가도 될 듯싶다. 몇 개월 무중력 생활에서 나는 나를 다시 읽었다. 왜 이런 선택들이 이어져서 나의 인생이 그려졌을까. 그렇게 나밖에 모르는 나는 망망대해에 떠 있는 배 위에 나처럼, 아니 침몰하는 우주선 속 비행사처럼 홀로 폭풍을, 침몰을 견뎌내었다.

힘들 때 내게 길을 알려준 책들이, 음악들이, 그럼에도 불구하고 사람들이 있었다. 그 길에서 얻는 것은 이런 것이었다. 한 사람이 하나의 우주였고, 그 안에 빛나는 빛을 읽어내는 것, 밝히는 것 역시 오로지 내 몫이었다.

사람들에게 명함을 주었을 때 실은 내가 하고 싶은 대답은 이런 거였다. "남미 여행을 가면 모든 게 해결될까요. 산티아고의 길을 걸으면 모든 게 해결될 거라 믿지 않아요. 나를 둘러싼 사람들에게서 멀어진다지만 내가 가진 인생의 짐은 결국 내가 지고 가야 하거든요. 회사를 때려치우고 잠시만 쉬고 싶었어요. 자고 싶었어요. 몰랐죠. 저도 두 달만 쉬려고 했지만 남미 여행을 못 갈지 저도 몰랐어요.

그냥 이런 기분이에요. 지구를 등지고 우주에서 지구를 바라보는 느낌. 황홀한 그 푸른빛에 취하면서도, 뒤돌아서면 아무것도 없는 깜깜한 어둠. 그 가운데서 나는 이 지구를 등지고 다시 새로운 행성을 갈지, 아니면 다시 지구로 돌아갈지

고민하는 여행자.

저는 다시 지구로 돌아가기로 했어요. 그곳까지 어떻게 갈지는 생각해봐야죠. 우주선을 히치하이킹할지, 추락할지 아니면 돌진할지. 아무도 알 수 없잖아요. 그러니 괜찮아요. 여행자처럼 하루하루를 살게요. 그런 마음을 가진 것만으로 저는 충분해요.”*

이 글은 〈회사 때려치니 좋냐고요? 러닝머신 뛰다 맨땅 밟은 느낌〉, 《한겨레》(2015.3.18.)에서 영감을 받았습니다. 그동안 부족한 글을 읽어주셔서 감사합니다. - 저자주

---

* 2015년 2월 6일부터 6월 27일까지 《미디어스》에 기고한 칼럼을 마무리하며 독자에게 남긴 인사다.

추천의 말

괴물이 되고 싶지 않은 이들에게

안수찬 (전 《한겨레21》 편집장, 세명대학교 저널리즘스쿨 교수)

여행자. 직업이나 직함을 적는 자리에 그는 '여행자'라고 썼다. 그 뒤에 '전前 기자'라고 덧붙였다. 시사주간지에 그가 연재한 〈떠난 사람〉의 마지막 줄은 항상 이렇게 끝났다. '김승미, 여행자, 전 기자.' 바이라인By-line에 여, 행, 자, 세 글자를 또각또각 적으면서 어깨를 으쓱하는 그를 상상해본 적이 있다. 그가 몹시 부러워졌다. 그 무렵 그는 기자 생활을 잠시 쉬고 있었다. 나중에 다시 언론사에 입사하면서 그 직함을 쓰는 일은 사라졌다. 기자를 또다시 그만두면, 여행자로 돌아올 것이라고 나는 생각했다. 여행자가 세상 최고의 직업이라는 것을 모르는 이가 있을까. 2016년 1월, 내 생각이 틀려버렸다는 것을 알게 됐다. 기자를 놓아버리고 여행자가 됐지만, 돌아오진 않았다. 떠나버렸다. 김승미. 여행자, 전 기자. 예전엔 기자였고 지금은 여행자인 사람. 그는 영원히 여행하는 길을 떠나버렸다.

그를 처음 만난 것은 2014년이었다. 페이스북이 한창 인기를 끌고 있었다. 글 깨나 쓰는 사람들이 페이스북에 몰렸다. 그 가운데 이런 글을 읽었다. "'왜 아픈가'에 대한 답을 찾기 위해 6개월의 시간이 지나갔다. 아픈 사람들이 내 눈에 들어오기 시작했다. 우리 모두 마음이 아픈 사람이다. 다만 마음이 아프다는 것을 깨닫고 극복하고자 노력할 때 우리는 서로에게 사람이 된다. 그걸 알지 못하고 그냥 소리칠 때 당신은 내게 괴물이 된다." 아프다는 자각, 이유를 찾으려는 분투, 아픈 이를 발견하는 교감, 아파서 괴물이 되는 일과 아프니까 사람이 되어가는 일을 나누는 분별이 글에 담겨 있었다. 글쓴이의 프로필에는 '일상을 여행하는 사람'이라고 적혀 있었다. 글과 글쓴이를 기억에 담아두었다.

2015년 봄, 《한겨레 21》 편집장이 되면서 좋은 부음 기사를 써보자는 생각이 일었다. 함께 일하는 기자들이 부족하여 외부 필자를 구했다. 오래 생각하지 않고, 그에게 페이스북 메시지를 보냈다. 평범하지만 온 힘으로 살아낸 사람의 죽음과 삶에 대한 그의 글이 그해 봄부터 나왔다. 유명한 사람을 다루진 않았다. 전쟁으로 고통받는 서민들을 위해 음식을 지은 요리사, 경찰의 총에 죽어간 가난한 흑인 청년, 빈민을 위해 집을 지었던 건축가 등을 썼다. 메일로 보낸 원고에는 좋은 문장을 쓰려고 몸부림친 흔적이 가득했다. 문장 하나하나를 떨면서 적은 것 같았다. 그가 쓴 〈떠난 사람〉을 읽으며, 보잘것 없는 삶이라도 모든 힘을 다해 살아내는 일의 가치를 생각했다. 그것은 시간이 아니라 밀도의 문제였다. 밀도 높은 그의 글을 읽는 첫 번째 독자가 된 것이 나는 썩 맘에 들었다. 능력에 부치는 편집장 노릇 가운데 드물게 누리는 즐거움이었다.

몇 달 뒤, 그는 어느 언론사에 입사했다. 연재도 중단했다. 페이스북을 가끔 들여다보면, 그가 입김을 토해내며 지낸다는 것을 알 수 있었다. 남들은 그냥 써버리고 던져놓는 기사를 그는 일일이 깎고 다듬고 있었다. 일상을 여행하며 의미를 찾아내어 섬세하게 다듬어 보여주려는 그에게 한국 언론의 상황은 이미 가혹했고 잔인했고 터무니없이 무지했다. 질병이나 사고가 아니라, 갑자기 떠나버린 그의 죽음을 돌연사라고 부를 수 있겠지만, 나는 그러지 못하겠다. 그에게 떠난 이를 기리는 글을 맡긴 것, 그들의 치밀하고 진실했던 삶을 들여다보게 한 것, 스스로도 그렇게 살겠다고 다짐하게 만든 것이 나의 탓이 아닌가, 오랫동안 괴로웠다.

나는 김승미 여행자를 직접 만난 적이 없다. 메신저, 문자, 메일로 교류했을 뿐이다. 전화 통화조차 두어 번 했었는지 어땠는지 기억이 가물가물하다. 그러나 삶이 그런 것처럼 관계도 밀도의 문제다. 그는 매우 선연하게 나의 좋은 벗이었다. 다만 술 한 잔은 나누지 못한 일이 후회스럽다. 문장 하나의 무게를 견디려 애쓰는 귀한 사람이 꿈꾸었던 기자의 길, 그리고 여행자의 길을 더 듣지 못한 것이 원통하다. 그 회한을 담아 이 책을 추천한다. 이 시절을 견디는 모든 이에게 일상의 아픔을 살피려 곳곳을 누볐던 여행가, 김승미의 여정을 글 속에서 같이 걸어보라고 권한다. 결국 우리 모두는 아프고, 괴물이 아니라 사람이 되고 싶고, 그래서 항상 여행하고 싶으니, 김승미는 그런 우리에게 좋은 길잡이가 되어줄 것이다.

출처

《미디어스》에 기고한 칼럼.

- 지금까지 살아낸 것을 축하해
  〈스무 살 K야, 그러니까 삶은 주관식이다〉, 2015.3.6.

- 이 봄을 온통 선물할게
  〈스무 살이 되고 나서야, 내 이름이 불려졌다〉, 2015.3.21.

- 미친년도 일기를 쓴다
  〈서른을 넘긴 언니가 너에게: 펜을 손에 쥐고, 일기를 써라〉, 2015.2.6.

- 나의 사춘기에게
  〈'너는 누구 편이냐'는 질문에 답을 찾을 때까지〉, 2015.4.4.

- 자취방 같이 구해줄게
  〈가난한 청춘이 첫 독립생활을 시작할 때 알아야 할 것들〉 2015.4.18.

- 백수로 잘 사는 7가지 방법
  〈그러니까, 백수로 잘 놀고 잘 사는 7가지 방법〉, 2015.2.21.

- 도망가자, 씩씩하게
  〈'용의 덕'을 갖춘 스무 살의 질문에 답하다〉, 2015.5.16.

- 누구나 얼룩은 있다
  〈우리는 모두 다 마음이 아픈 사람, 누구나 얼룩은 있다〉, 2015.5.29.

- 삶의 면역력을 키우자
  〈늦을수록 삶의 면역력을 찾는 수업료는 가혹하다〉, 2015.6.14.

- 엄마보다 행복한 딸
  〈작은 아지트에 한 그릇을 온전히 담아내기까지의 시행착오〉, 2015.5.1.

- 지구에서 만나요
  〈무중력 생활을 끝내며, 다시 여행자처럼〉, 2015.6.27.

수록된 책들

이 봄을 온통 선물할게

- 리영희, 《대화》, 한길사, 2005, 518쪽.

미친년도 일기를 쓴다

- 김연수, 《우리가 보낸 순간》, 마음산책, 2010, 222쪽.
- 신경숙, 《어디선가 나를 찾는 전화벨이 울리고》, 문학동네, 2010, 77쪽.

나의 사춘기에게

- 심보선, 〈청춘〉, 《슬픔이 없는 십오 초》, 문학과지성사, 2008, 107쪽.

도망가자, 씩씩하게

- 신영복, 《담론》, 돌베개, 2015.
- 이상수, 《운명 앞에서 주역을 읽다》, 웅진지식하우스, 2014.

누구나 얼룩은 있다

- 김형경, 《사람풍경》, 사람풍경, 2012.
- 신형철, 〈[신형철의 스토리-텔링] 나의 없음을 당신에게 줄게요〉, 《씨네 21》, 2013.7.3.
- 이성복, 〈오래 고통받는 사람은〉, 《남해금산》, 문학과지성사, 1986.

남자가 관능적일 때

- 가브리엘 가르시아 마르케스, 《백년 동안의 고독》, 안정효 옮김, 문학사상사, 1977, 180~181쪽.
- 김영하, 《포스트잇》, 현대문학, 2005, 160쪽.
- 무라카미 하루키, 《이윽고 슬픈 외국어》, 김진욱 옮김, 문학

사상사, 1996.
- 오르한 파묵, 《소설과 소설가》, 이난아 옮김, 민음사, 2012.
- 폴 오스터, 《달의 궁전》, 황보석 옮김, 열린책들, 2000.

힘들면 전화해
- 신현림, 〈슬프고 외로우면 말해, 내가 웃겨줄게〉, 《침대를 타고 달렸어》, 민음사, 2009. 20쪽.

사람의 있을 곳이란
- 에쿠니 가오리, 《냉정과 열정 사이》, 김난주 옮김, 태일소담출판사, 2000, 210쪽.

내 슬픔에선 냄새가 나
- 수전 손택, 《우울한 열정》, 홍한별 옮김, 이후, 2005.